कहानी-संग्रह

जलती झाड़ी

लेखक की कृतियाँ

कहानी-संग्रह

परिन्दे (1959), जलती झाड़ी (1965), पिछली गर्मियों में (1968), बीच बहस में (1973), कव्वे और काला पानी (1983), प्रतिनिधि कहानियाँ (1988), सूखा तथा अन्य कहानियाँ (1995), थिगलियाँ (2024)

उपन्यास

वे दिन (1964), लाल टीन की छत (1974), एक चिथड़ा सुख (1979), रात का रिपोर्टर (1989), अन्तिम अरण्य (2000)

यात्रा-संस्मरण/डायरी

चीड़ों पर चाँदनी (1963), हर बारिश में (1970), धुंध से उठती धुन (1997)

निबन्ध/व्याख्यान

शब्द और स्मृति (1976), कला का जोखिम (1981), ढलान से उतरते हुए (1985), भारत और यूरोप : प्रतिश्रुति के क्षेत्र (1991), इतिहास स्मृति आकांक्षा (1991), शताब्दी के ढलते वर्षों में (संचयन, 1995), दूसरे शब्दों में (1997), आदि, अन्त और आरम्भ (2001), साहित्य का आत्म-सत्य (2006), सर्जना पथ के सहयात्री (2006)

नाटक

तीन एकान्त (1976)

अनुवाद

पराजय : अलेक्सांद्र फ़देयेव (1954), बचपन : लियो टॉल्स्टॉय (1954), कुप्रीन की कहानियाँ : अलेक्सांद्र कुप्रीन (1958), रोमियो जूलियट और अँधेरा : यान ओत्चेनाशेक (1964), खेल-खेल में : चेक कहानियाँ (1966), इतने बड़े धब्बे : चेक कहानियाँ (1966), झोंपड़ीवाले और अन्य कहानियाँ : मिहाइल सदौवेन्यु (1966), कारेल चापेक की कहानियाँ (1966), बाहर और परे : इर्शी फ्रीड (1969), आर.यू.आर. : कारेल चापेक (1972), एमेके : एक गाथा : जोसेफ़ श्कवोरेस्की (1973)

पत्र

प्रिय राम, प्रिय निर्मल (2006), देहरी पर पत्र (2010), चिट्ठियों के दिन (2010)

साक्षात्कार

संसार में निर्मल वर्मा (2006)

संचयन

दूसरी दुनिया (1978)

जलती झाड़ी

निर्मल वर्मा

राजकमल प्रकाशन

पहली बार **राजकमल** से 1965 में प्रकाशित

ISBN : 978-93-6086-772-0

मूल्य : ₹595

पुनर्नवा संस्करण : अप्रैल, 2024
दूसरा संस्करण : सितम्बर, 2024

प्रकाशक : राजकमल प्रकाशन प्रा. लि.
1-बी, नेताजी सुभाष मार्ग, दरियागंज
नई दिल्ली-110 002

शाखाएँ : अशोक राजपथ, साइंस कॉलेज के सामने, पटना-800 006
पहली मंजिल, दरबारी बिल्डिंग, महात्मा गांधी मार्ग, प्रयागराज-211 001
1, अनमोल सोराबजी सन्तुक लेन, धोबी तलाव, मरीन लाइंस, मुम्बई-400 002
वेबसाइट : www.rajkamalprakashan.com
ई-मेल : info@rajkamalprakashan.com

मुद्रक : बी.के. ऑफसेट
नवीन शाहदरा, दिल्ली-110 032

JALTI JHADI
Short Stories by Nirmal Verma

जलती झाड़ी

क्रम

लवर्स

'एल्प्स' के सामने कॉरिडोर में अंग्रेज़ी-अमरीकी पत्रिकाओं की दुकान है। सीढ़ियों के नीचे जो बित्ते-भर की जगह ख़ाली रहती है, वहीं पर आमने-सामने दो बेंचें बिछी हैं। इन बेंचों पर सेकंड हैंड किताबें, पॉकेट-बुक, उपन्यास और क्रिसमस कार्ड पड़े हैं।

दिसम्बर...पुराने साल के चन्द आख़िरी दिन।

नीला आकाश...कँपकँपाती, करारी हवा। कत्थई रंग का सूट पहने एक अधेड़ किन्तु भारी डील-डौल के व्यक्ति आते हैं। दुकान के सामने खड़े होकर ऊबी निगाहों से इधर-उधर देखते हैं। उन्होंने पत्रिकाओं के ढेर के नीचे से एक ज़र्द, पुरानी-फटी मैगज़ीन उठाई है। मैगज़ीन के कवर पर लेटी एक अर्द्धनग्न गौर युवती का चित्र है। वह यह चित्र दुकान पर बैठे लड़के को दिखाते हैं और आँख मारकर हँसते हैं। लड़के को उस नंगी स्त्री में कोई दिलचस्पी नहीं है, किन्तु गाहक गाहक है, और उसे ख़ुश करने के लिए वह भी मुस्कराता है।

कत्थई सूटवाले सज्जन मेरी ओर देखते हैं। सोचते हैं, शायद मैं भी हँसूँगा। किन्तु इस दौरान में लड़का सीटी बजाने लगता है, धीरे-धीरे। लगता है, सीटी की आवाज़ उसके होंठों से नहीं, उसकी छाती के भीतर से आ रही है। मैं दूसरी ओर देखने लगता हूँ।

मैं पिछली रात नहीं सोया और सुबह भी, जब अक्सर मुझे नींद आ जाती है, मुझे नींद नहीं आई। मुझे यहाँ आना था और मैं रात-भर यही सोचता रहा कि मैं यहाँ आऊँगा, कॉरिडोर में खड़ा रहूँगा। मैं उस सड़क की ओर देख रहा हूँ, जहाँ से उसे आना है, जहाँ से वह हमेशा आती है। उस सड़क के दोनों ओर लैम्प-पोस्टों पर लाल फैस्टून लगे हैं...बाँसों पर झंडे लगाए गए हैं। आए-दिन विदेशी नेता इस सड़क से गुज़रते हैं।

जब हवा चलती है, फैस्टून गुब्बारे की तरह फूल जाते हैं, आकाश झंडों के बीच सिमट आता है...नीले लिफ़ाफ़े-सा। मुझे बहुत-सी चीज़ें अच्छी लगती हैं। जब रात को मुझे नींद नहीं आती, तो मैं अक्सर एक-एक करके इन चीज़ों को गिनता हूँ, जो मुझे अच्छी लगती हैं, जैसे हवा में रंग-बिरंगे झंडों का फरफराना, जैसे चुपचाप प्रतीक्षा करना...।

अब ये दोनों बातें हैं। मैं प्रतीक्षा कर रहा हूँ। उसे देर नहीं हुई है। मैं ख़ुद जानबूझकर समय से पहले आ गया हूँ। उसे ठीक समय पर आना अच्छा लगता है, न कुछ पहले, न कुछ बाद में, इसीलिए मैं अक्सर ठीक समय से पहले आ जाता हूँ। मुझे प्रतीक्षा करना, देर तक प्रतीक्षा करते रहना अच्छा लगता है।

धीरे-धीरे समय पास सरक रहा है। एक ही जगह पर खड़े रहना, एक ही दिशा में ताकते रहना, यह शायद ठीक नहीं है। लोगों का कौतूहल जाग उठता है। मैं कॉरिडोर में टहलता हुआ एक बार फिर किताबों की दुकान के सामने खड़ा हो जाता हूँ। कत्थई रंग के सूटवाले सज्जन जा चुके हैं। इस बार दुकान पर कोई गाहक नहीं है। लड़का एक बार मेरी

ओर ध्यान से देखता है और फिर मैली झाड़न से पत्रिकाओं पर जमी धूल पोंछने लगता है।

कवर पर धूल का एक टुकड़ा आ सिमटा है। बीच में लेटी युवती की नंगी जाँघों पर धूल के कण उड़ते हैं।...लगता है, वह सो रही है।

फ़ुटपाथ पर पत्तों का शोर है। यह शोर मैंने पिछली रात को भी सुना था। पिछली रात हमारे शहर में तेज़ हवा चली थी। आज सुबह जब मैं घर की सीढ़ियों से नीचे उतरा था, तो मैंने इन पत्तों को देखा था। कल रात ये पत्ते फ़ुटपाथ से उड़कर सीढ़ियों पर आ ठहरे होंगे। मुझे यह सोचना अच्छा लगता है कि हम दोनों एक ही शहर में रहते हैं, एक ही शहर के पत्ते अलग-अलग घरों की सीढ़ियों पर बिखर जाते हैं और जब हवा चलती है, तो उनका शोर उसके और मेरे घर के दरवाज़ों को एक संग खटखटाता है।

यह दिल्ली है और दिसम्बर के दिन हैं और साल के आख़िरी पत्ते कॉरिडोर में उड़ रहे हैं। मैं कनॉट प्लेस के एक कॉरिडोर में खड़ा हूँ, खड़ा हूँ और प्रतीक्षा कर रहा हूँ। वह आती होगी।

मैं जानता था, वह दिन आएगा, जब मैं 'एल्प्स' के सामने खड़ा होकर प्रतीक्षा करूँगा। कल शाम उसका टेलीफ़ोन आया था। कहा था कि वह आज सुबह 'एल्प्स' के सामने मिलेगी। उसने कुछ और नहीं कहा था, उस पत्र का कोई ज़िक्र नहीं किया था, जिसके लिए वह आज यहाँ आ रही है। मैं जानता था कि मेरे पत्र का उत्तर वह नहीं भेजेगी, वह लिख नहीं सकती। 'मैं लिख नहीं सकती'—एक दिन उसने कहा था।... उस दिन हम दोनों हुमायूँ के मक़बरे गए थे। वहाँ वह नंगे पाँव घास पर चली थी। 'मुझे नंगे पाँव घास पर चलना अच्छा लगता है'—उसने कहा था। मैंने उसकी चप्पलें हाथ में पकड़ रखी थीं। उसने मना किया था। 'इट इज़ नॉट डन,' उसने अंग्रेज़ी में कहा था। यह उसका प्रिय वाक्य है। जब कभी मैं उसे धीरे-से अपने पास खींचने लगता हूँ, तो वह अपने को बहुत हल्के से अलग कर देती है और कहती है—'इट इज़ नॉट डन।'

मैंने उसकी चप्पलों को अपने रूमाल में बाँध लिया था। रूमाल का एक सिरा उसने पकड़ा था, दूसरा मैंने। हम उस रूमाल को हिला रहे थे और चप्पलें बीच हवा में ऊपर-नीचे झूलती थीं। मक़बरे के पीछे पुराना, टूटा-फूटा टैरेस था, उसके आगे रेल की लाइन थी, बहुत दूर जमुना थी, जो बहुत पास दीखती थी।

उसके नंगे, साँवले पैरों पर घास के भूरे तिनके और बजरी के दाने चिपक गए थे। मेरी ऐनक पर धूल जमा हो गई थी, लेकिन मैं रूमाल से उसको नहीं पोंछ सकता था, क्योंकि रूमाल में चप्पलें बँधी थीं और उसके पाँव अभी तक नंगे थे। तब मैंने उसकी उन्नाबी साड़ी के पल्ले से अपनी ऐनक के शीशे साफ़ किये थे। वह नीचे झुक आई थी और उसने धीरे-से पूछा था, "तुम यहाँ कभी पहले आए थे?"

"हाँ, अपने दोस्तों के संग।"

"क्या किया था?" उसने मेरी ओर झपकती आँखों से देखा।

"दिन-भर फ्लैश खेली थी," मैंने कहा।

"और? और क्या किया था?" उसके स्वर में आग्रह था।

"शाम को बियर पी थी," वे गर्मी के दिन थे।

"तुम पीते हो?"

"हाँ," मैंने कहा, "पीता तो हूँ।"

"किसी ने देखा नहीं?"

"नहीं, अँधेरा होने पर पी थी और जाने से पहले बोतलें नीचे फेंक दी थीं।"

"नीचे कहाँ?"

"टैरेस के नीचे।"

टैरेस के नीचे रेलवे लाइन है। जमुना है, जो बहुत दूर है और बीच में पुराने क़िले के खँडहर हैं। बहुत शुरू का मौन है, और सर्दियों की धूप है, जो क़िले के भग्न झरोखों पर ठगी-सी ठिठकी रह गई है।

वह शुरू दिसम्बर की शाम थी और हम हुमायूँ के मक़बरे के पीछे छोटे टैरेस पर बैठे थे। बाईं ओर पुराने क़िले के टूटे पत्थर थे, धूप में सोते-से। सामने ऊबड़-खाबड़ मैदान था, जिसे बाढ़ के दिनों में जमुना भिगो गई थी, और जहाँ चूने-सी सफ़ेदी बिछल आई थी। जब वापस आने लगे, तो वह सीढ़ियों पर उतरती हुई सहसा ठिठक गई।

"तुमने देखा?" उसकी आँखें कहीं पर टिकी थीं।

उधर, हवा में उसकी निगाहों पर मेरी आँखें सिमट आई थीं।

उसने हाथ से दूर एक पक्षी की ओर संकेत किया। वह मक़बरे की एक मीनार पर बैठा था। वह चुपचाप निरीह आँखों से हमें देख रहा था।

"यह नीलकंठ है।...तुमने कभी देखा है?" उसने बहुत धीरे-से कहा, "नीलकंठ को देखना बड़ा शुभ माना जाता है।"

"क्या हम दोनों के लिए भी?" मैं हँसने लगा। मेरी हँसी से शायद वह डर गया और अपने पंख फैलाकर गुम्बद के परे उड़ गया था।

'क्या हम दोनों के लिए भी?' यह मैंने कहा नहीं, सिर्फ़ सोचा था। कुछ शब्द हैं, जो मैंने आज तक नहीं कहे। पुराने सिक्कों की तरह वे जेब में पड़े रहते हैं। न उन्हें फेंक सकता हूँ, न भुला पाता हूँ।

जब वह आई, तो मैं उसके बारे में नहीं सोच रहा था। मैं क्रिकेट के बारे में, सिनेमा के पोस्टरों के बारे में और कुछ गन्दे, अश्लील शब्दों के बारे में सोच रहा था, जो कुछ देर पहले मैंने पब्लिक लेवेट्री की दीवार पर पढ़े थे। ऐसा अक्सर होता है। प्रतीक्षा करते हुए मैं उस व्यक्ति को बिलकुल भूल जाता हूँ, जिसकी मैं प्रतीक्षा कर रहा हूँ। सामने जो पेड़ों की क़तार है, वह 'सिन्धिया हाउस' की क्रॉसिंग तक जाती है, और वहाँ ट्रैफ़िक-लाइट लाल से गुलाबी होती है और गुलाबी से हरी। जब वह आई, तो मुझे कुछ भी पता नहीं चला था। मैं ट्रैफ़िक-लाइट को देख रहा था और वह मेरे पास चली आई थी—बिलकुल पास, बिलकुल सामने। उसने काली शॉल ओढ़ रखी है और उसके बाल सूखे हैं।

उसके होंठों पर हल्की, बहुत ही हल्की लिपस्टिक है, जैसी वह अक्सर लगाती है।

"तुम क्या बहुत देर से खड़े हो?" उसने पूछा।

"मैं तुमसे पहले आ गया था।"

"कब से इन्तज़ार करते रहे हो?"

"पिछले एक हफ़्ते से," मैंने कहा।

वह हँस पड़ी, "मेरा मतलब यह नहीं था। तुम यहाँ कब आए थे?"

मैं नहीं चाहता कि वह जाने कि मैं रात-भर जागता रहा हूँ। मैं सिर्फ़ यह जानना चाहता हूँ कि उसने क्या निर्णय किया है। शायद मैं यह भी नहीं जानना चाहता। मैं सिर्फ़ उसे चाहता हूँ और यह मैं जानता हूँ।

हम दोनों 'एल्प्स' की तरफ़ बढ़ जाते हैं। दरवाज़े पर खड़ा लड़का हमें सलाम करता है। वह दरवाज़ा खोलकर भीतर चली जाती है। मैं क्षण-भर के लिए बाहर ठिठक जाता हूँ। लड़का मुझे देखकर मुस्कराता है। वह हम दोनों को पहचानने लगा है। उसने हम दोनों को कितनी बार यहाँ एक संग आते देखा है।

'एल्प्स' के भीतर अँधेरा है, या शायद अँधेरा नहीं है, हम बाहर से आए हैं, इसीलिए सबकुछ धुँधला-सा लगता है। बाहर दिसम्बर की मुलायम धूप है। जब कभी दरवाज़ा खुलता है, धूप का एक साँवला-सा धब्बा ख़रगोश की तरह भागता हुआ घुस आता है, और जब तक दरवाज़ा दोबारा बन्द नहीं होता, वह पियानो के नीचे दुबका-सा बैठा रहता है।

"आज अख़बार में देखा?" उसने पूछा।

"न," मैंने सिर हिला दिया।

"शिमले में बर्फ़ गिरी है, तभी कल रात इतनी सर्दी थी," उसने कहा। "मैं सारी खिड़कियाँ बन्द करके सोई थी।"

कल रात मैं जागता रहा था, मैंने सोचा और बाहर सूखे पत्तों का शोर होता रहा था। दिसम्बर के दिनों में बहुत-से पत्ते गिरते हैं, रात-भर गिरते हैं।

"तुमने बर्फ़ देखी है, निन्दी?" उसने पूछा।

"हाँ, क्यों?"

"सच?" आश्चर्य से उसकी आँखें फैल गईं।

"तब मैं बहुत छोटा था।...अब तो कुछ भी याद नहीं रहा," मैंने कहा।

"तुम अब भी छोटे लगते हो!" उसने हँसकर कहा, "जब तुम फ़ुल स्लीव का स्वेटर पहनते हो।" उसने अपना छोटा-सा पर्स पास की ख़ाली कुर्सी पर रख दिया और अपने दोनों हाथ शॉल से बाहर निकाल लिये। वह मेरे स्वेटर को देख रही है, मैं उसके हाथों को। उसके दोनों हाथ मेज़ पर टिके हैं। लगता है, जैसे वे उससे अलग हों। वे बहुत नर्वस हैं। आधे खुले हुए, आधे भिंचे हुए। लगता है, वे किसी अदृश्य चीज़ को पकड़े हुए हैं।

हम कोने में बैठे हैं, जहाँ वेटर ने हमें नहीं देखा है। सुबह इतनी जल्दी बहुत कम लोग यहाँ आते हैं। हमारे आस-पास की मेज़-कुर्सियाँ ख़ाली पड़ी हैं। डांसिंग-फ़्लोर के दोनों ओर लाल शेड से ढके लैम्प जले हैं। दिन के समय इनसे अधिक रोशनी नहीं आती। जो रोशनी आती है, वह सिर्फ़ इतनी ही कि आस-पास का अँधेरा दिख सके। कुछ फ़ासले पर डांसिंग-फ़्लोर की दाईं ओर जार्ज और उसकी फियान्स ने मुझे देख लिया है, और मुस्कराते हुए हवा में हाथ हिलाया है। जार्ज 'एल्प्स' का पुराना ड्रमर है। साढ़े दस बजे आर्केस्ट्रा का प्रोग्राम आरम्भ होगा, तब तक वह ख़ाली है। वह जानता है, मैं आज इतनी सुबह क्यों आया हूँ। वह मुझसे बड़ा है और मेरी सब बातें—खुली-छिपी सब बातें—जानता है। उसने मुझे देखा और मुस्कराते हुए अपनी 'फियान्स' के कानों में कुछ धीरे-से फुसफुसाने लगा। वह अपना सिर मोड़कर गहरी उत्सुक आँखों से मुझे...मुझे और उसे देख रही है। उसकी आँखों में अजीब-सा कौतूहल है। यदि जार्ज उसकी बाँह को खींचकर झिंझोड़ न देता, तो शायद वह देर तक हम लोगों को देखती रहती।

मेरे एक हाथ में सिगरेट है, जिसे मैंने अभी तक नहीं जलाया। दूसरा हाथ टाँगों के नीचे दबा है। मैं आगे झुककर उसे दबाता हूँ। मुझे लगता है, जब तक वह मेरे बोझ के नीचे बिलकुल नहीं भिंच जाएगा तब तक ऐसे ही काँपता रहेगा।

वेटर आया। मैंने उसे कोना-कॉफ़ी लाने के लिए कह दिया। वह चुप बैठी रही, कुर्सी पर रखे अपने पर्स को देखती रही।

"मैंने सोचा था, तुम फ़ोन करोगी," मैंने कहा।

उसने मेरी ओर देखा, उसकी आँखों में हल्का-सा विस्मय था, "तुम काफ़ी अजीब बातें सोचते हो," उसने कहा।

"शायद यह ग़लत था," मैंने कहा, "शायद तुम नाराज़ हो।"

"पता नहीं...शायद हूँ..." उसने कहा।

मैं हँसने लगा।

"क्यों? तुम हँसते क्यों हो?"

"कुछ नहीं, मुझे कुछ याद आ गया।"

"क्या याद आ गया?" उसने पूछा।

"तुम्हारी बात, 'इट इज़ नॉट डन'!"

उसका निचला होंठ धीरे-से काँपा था, तितली-सा, जो उड़ने को होती है, और फिर कुछ सोचकर बैठी रहती है।

"तुम उस दिन ठीक समय पर घर पहुँच गई थीं?"

"किस दिन?"

"जब हम हुमायूँ के मक़बरे से लौटे थे?"

"न, बस नहीं मिली। बहुत देर बाद स्कूटर लेना पड़ा...उस रात बड़ा अजीब-सा लगा।"

"कैसा अजीब-सा?" मैंने पूछा।

"देर तक नींद नहीं आई," उसने कहा, "देर तक मैं उस नीलकंठ के बारे में सोचती रही, जो हमने उस दिन देखा था, मक़बरे के गुम्बद पर।"

नीलकंठ! मुझे वह शाम याद आती है। उस शाम हम पैवेलियन के पीछे टैरेस पर बैठे थे। मेरे रूमाल में उसकी चप्पलें बँधी थीं और उसके पाँव नंगे थे। घास पर चलने से वे गीले हो गए थे और उन पर बजरी के दो-चार लाल दाने चिपके रह गए थे। अब वह शाम बहुत दूर लगती है। उस शाम एक धुँधली-सी आकांक्षा आई थी और मैं डर गया था। लगता है, आज वह डर हम दोनों का है। गेंद की तरह कभी उसके पास जाता है, कभी मेरे पास। वह अपनी घबराहट को दबाने का प्रयत्न कर रही है, जिसे मैं नहीं देख रहा। मेज़ के नीचे कुर्सी पर भिंचा मेरा हाथ काँप रहा है, जिसे वह नहीं देख सकती। हम केवल एक-दूसरे की ओर देख सकते हैं और यह जानते हैं कि ये मरते वर्ष के कुछ आख़िरी दिन हैं और बाहर दिसम्बर के उन पीले पत्तों का शोर है, जो दिल्ली की तमाम सड़कों पर धीरे-धीरे झर रहे हैं।

मुझे लगता है, जैसे मैं वह सबकुछ कह दूँ जो मैं पिछले हफ़्ते के दौरान में, सड़क पर चलते हुए, बस की प्रतीक्षा करते हुए, रात को सोने से पहले और सोते हुए, पल-छिन सोचता रहा हूँ, अपने से कहता रहा हूँ। मैं भूला नहीं हूँ। कुछ चीज़ें हैं, जो हमेशा साथ रहती हैं, उन्हें याद रखना नहीं होता। कुछ चीज़ें हैं, जो खो जाती हैं, खो जाने में ही उनका अर्थ है, उन्हें भुलाना नहीं होता।

वेटर आया और कोना-कॉफ़ी की बोतल से पहले उसके और फिर मेरे प्याले में कॉफ़ी उँडेल दी। हमारे सामनेवाली मेज़ पर एक अंग्रेज़ युवती आकर बैठ गई। उसके संग एक छोटा-सा लड़का है, जो उसकी कुर्सी के पीछे खड़ा है। युवती का चेहरा मीनू के पीछे छिप गया।

"वाट विल यू हैव, सनी?"

लड़का पंजों के बल खड़ा हुआ, सिर झुकाकर मीनू को देख रहा है, 'ऊँ...ऊँ...ऊँ...,' लड़के ने ज़ुबान बाहर निकालकर बिल्ली की तरह नाक सिकोड़ ली।

"ओ, शट अप! वोंट यू सिट डाउन?"

डांसिंग-फ़्लोर के पीछे जो कुर्सियाँ अभी तक ख़ाली पड़ी थीं, वे धीरे-धीरे भरने लगीं। लगता है, बाहर सूरज बादलों में छिप गया है। सामने खिड़की के शीशों पर रोशनी का हल्का-सा आभास है। जब दरवाज़ा खुलता है, तो पहले की तरह धूप का टुकड़ा भीतर नहीं आता। सिर्फ़ हवा आती है, और मैली-सी धुंध। दरवाज़ा खुलकर एकदम बन्द नहीं होता और हम बाहर देख लेते हैं। बाहर सर्दी का धुँधलका है और दिसम्बर का मेघाच्छन्न आकाश, जो कुछ देर पहले बिलकुल नीला था।

जहाँ हम बैठे हैं, वह एक कोना है। जब कभी हम यहाँ आते हैं (और ऐसा अक्सर होता है), तो यहीं बैठते हैं। उसे कोने में बैठना अच्छा लगता है। वह चम्मच से मेज़पोश पर लकीरें खींचती है और मैं अपनी उन कहानियों के बारे में सोचता हूँ, जो मैंने नहीं लिखीं, जो शायद मैं कभी नहीं लिखूँगा, और मुझे उनके बारे में सोचना अच्छा लगता है।

दो दिन बाद क्रिसमस है। 'क्वीन्स-वे' की दुकानों पर इन दिनों भीड़ लगी रहती है। कुछ लोग ख़रीदारी करने के बाद अक्सर यहाँ आते हैं, उनके हाथों में रंग-बिरंगी बास्केट, थैले और लिफ़ाफ़े हैं। जब वे भीतर आते हैं, वह दरवाज़े की ओर देखने लगती है। उसकी आँखें बहुत उदास हैं। मैं उसकी बाँहों को देख रहा हूँ। प्लास्टिक की चूड़ी और ज़्यादा नीचे खिसक आई है। उसका निचला हिस्सा प्याले की कॉफ़ी में भीग रहा है, भीग रहा है और चमक रहा है।

"निन्दी," उसने धीरे-से कहा और रुक गई।

यह मेरे घर का नाम है। एक बार उसके पूछने पर मैंने बताया था। जब कभी हम दोनों अकेले होते हैं, जब कभी हम दोनों एक-दूसरे के संग होते हुए भी अपने-अपने में अकेले हो जाते हैं, और उसे लगता है

कि उसकी बात से मुझे तकलीफ़ होगी, तो वह मुझे इसी नाम से बुलाती है। मेरा हाथ मेरे घुटनों के बीच दबा है। लगता है, अब वह क्षण आ गया है, जिसकी इतनी देर से प्रतीक्षा थी। वह आ गया है और हम दोनों के बीच आकर बैठ गया है।

"निन्दी, यह ग़लत है," उसने धीरे-से कहा, इतने धीरे-से कि मैं हँसने लगा।

"तुम क्या इतनी देर से यही सोच रही थीं?" मैंने कहा।

"निन्दी, सच!" वह भी हँसने लगी, किन्तु उसकी आँखें पहले-जैसी ही उदास हैं, "मैंने इस तरह कभी नहीं सोचा था।"

"किस तरह?" मैंने पूछा।

"जैसे तुमने मुझे लिखा था।...मैंने उसे कई बार पढ़ा है। निन्दी, यह ग़लत है। सच, बहुत ग़लत है, निन्दी!" उसने मेरी ओर देखा।

उसके बाल बहुत रूखे हैं और होंठों पर हल्की, बहुत हल्की लिपस्टिक है, जैसे वह लिपस्टिक न हो, सिर्फ़ होंठों का रंग ही तनिक गहरा हो गया हो! वह मेरी ओर देख रही है, "निन्दी, तुम..." उसने आगे कुछ कहा, जो बहुत धीमा था।

मैंने उसकी ओर देखा। उसने अपनी दो उँगलियों में रूमाल कसकर लपेट लिया था, "निन्दी, सच, तुम पागल हो!...मैंने कभी ऐसे नहीं सोचा। नॉट इन दैट वे!"

'नॉट इन दैट वे', ये चार शब्द बहुत ही छोटे हैं, आसान हैं, और मैं अचानक ख़ाली-सा हो गया हूँ, और सोचता हूँ, ज़िन्दगी कितनी हल्की है!

मैंने उसकी ओर देखा। उसकी आँखों में बड़े-बड़े आँसू थे, जैसे बच्चों की आँखों में होते हैं। किन्तु उन आँसुओं का उसके चेहरे से कोई सम्बन्ध नहीं है, वे भूले से निकल आए हैं, और कुछ देर में, ढुलकने से पहले, ख़ुद-ब-ख़ुद सूख जाएँगे, और उसे पता भी नहीं चलेगा।

लेकिन शायद कुछ है, जो नहीं सूखेगा। मैं कल रात यही सोचता रहा था कि वह 'न' कह देगी, तो क्या होगा? अब उसने कह दिया है, और मैं वैसा ही हूँ। कुछ भी नहीं बदला। जो बचा रह गया है, वह पहले भी था...वह सिर्फ़ है, जो उम्र के संग बढ़ता जाएगा...बढ़ता जाएगा और ख़ामोश रहेगा—बन्द दरवाज़े की तरह, उड़ते पत्तों और पुराने पत्थरों की तरह...और मैं जीता रहूँगा।

उसके चेहरे पर शर्म और सहानुभूति का अजीब-सा घुला-मिला भाव है—सहानुभूति मेरे लिए, शर्म शायद अपने पर।

"निन्दी, क्या तुम नाराज़ हो?"

मैं अपना सिर हिलाता हूँ, "हाँ।"

"तुम अब मुझे बुरा समझते होगे?"

मैं हँस देता हूँ। मैं अब बिलकुल शान्त हूँ। टाँगों के नीचे मेरा हाथ नहीं काँप रहा। जब हम यहाँ आए थे, तब सबकुछ धुँधला-धुँधला-सा दीख रहा था। लगा था, जैसे सपने में मैं सबकुछ देख रहा हूँ। सपना अब भी लगता है, उसकी शॉल, उसकी सफ़ेद मुलायम बाँहें...लेकिन अब वे ठोस हैं, वास्तविक हैं। मैं चाहूँ, तो उन्हें छू सकता हूँ और उन्हें छूते हुए मेरा हाथ नहीं काँपेगा।

"निन्दी, वी कैन बि फ्रेंड्स, कांट वी?" उसने अंग्रेज़ी में कहा।

जब वह किसी बात से बहुत जल्दी घबरा जाती है, तो हमेशा अंग्रेज़ी में बोलती है और मुझे उसकी यह घबराहट अच्छी लगती है। मैं कुछ भी नहीं कहता, क्योंकि कुछ भी कहना कोई मानी नहीं रखता और यह मुझे मालूम है कि जो कुछ मैं कहूँगा, वह नहीं होगा; जो कहना चाहता हूँ, वह शब्दों से अलग है...इसलिए पन्द्रह-बीस वर्ष बाद जब मैं दिसम्बर की इस सुबह को याद करूँगा, तो शब्दों के सहारे नहीं। याद करने पर बहुत-सी बेकार, निरर्थक चीज़ें याद आएँगी, जैसे वह क्रिसमस के दो दिन पहले की सुबह थी...हम 'एल्प्स' में बैठे थे और बाहर दिसम्बर के पीले पत्ते हवा में झरते रहे थे...।

क्योंकि यह कहानी नहीं है, ये कुछ ऐसी बातें हैं, जिनकी कहानी कभी नहीं बनती। यही कारण है कि मैं बार-बार मन-ही-मन दुहरा रहा हूँ—ये वर्ष के अन्तिम दिन हैं। बाहर दुकानों पर क्रिसमस और न्यू ईयर कार्ड बिक रहे हैं। यह दिल्ली है...हमारा शहर। बरसों से हम दोनों अलग-अलग घरों में रहे हैं...किन्तु आज की सुबह हम दोनों अपने-अपने रास्तों से हटकर इस छोटे-से काफ़े में आ बैठे हैं, कुछ देर के लिए। कुछ देर बाद वह अपने घर जाएगी और मैं जार्ज के कमरे में चला जाऊँगा। सारी शाम पीता रहूँगा।

"सच, निन्दी, कांट वी बि फ्रेंड्स?"

उसके स्वर में भीगा-सा आग्रह है। मैं मुस्कराता हूँ। मुझे एक लम्बी-सी जम्हाई आती है। मैं उसे दबाता नहीं। अब मैं बिना शर्म महसूस किये उससे कह सकता हूँ कि कल सारी रात मैं जागता रहा था।

"क्या सोच रहे हो?" उसने पूछा।

"बर्फ़ के बारे में," मैंने कहा, "तुमने कहा था कि शिमले में कल बर्फ़ गिरी थी।"

"हाँ, मैंने अख़बार में पढ़ा था और मैं देर तक तुम्हारे बारे में सोचती रही थी। रात-भर बर्फ़ गिरती रही थी और मुझे पता भी नहीं चला था। इसीलिए कल रात इतनी सर्दी थी। मैं अपने कमरे की सारी खिड़कियाँ बन्द करके सोई थी," उसने कहा। "जब कभी शिमले में बर्फ़ गिरती है, तो दिल्ली में हमेशा सर्दी बढ़ जाती है।"

कुछ देर पहले मैं 'एल्प्स' के आगे खड़ा था। मैं पहले आ गया था और ट्रैफ़िक-लाइट को देखता रहा था। मैंने दस तक गिनती गिनी थी। सोचा था, यदि दस तक पहुँचते-पहुँचते बत्ती का रंग हरा हो जाएगा, तो वह 'हाँ' कहेगी, नहीं तो 'नहीं'...किन्तु अब मैं शान्त हूँ।

"और, निन्दी," उसने कहा, "तुमने यदि पत्र में न लिखा होता, तो अच्छा रहता। अब हम वैसे नहीं रह सकेंगे, जैसे पहले थे..."

और मैं जागता रहा था, 'मैंने सोचा।'

"तुमने नहीं सुना? कल रात देर तक दिल्ली की सूनी सड़कों पर पत्ते भागते रहे थे," मैंने कहा।

"मैं खिड़कियाँ बन्द करके सो गई थी," उसने कहा, "और मुझे सपने में हुमायूँ का मकबरा दिखाई दिया था। तुम ज़ोर से हँसे थे और बेचारा नीलकंठ डर से उड़ गया था।"

हम दोनों चुप बैठे रहे।

कुछ देर बाद उसकी पलकें ऊपर उठीं। "क्या सोच रहे हो?" उसने पूछा।

मैं चुपचाप उसकी ओर देखता रहा। "बर्फ़ के बारे में," मैंने धीरे-से कहा।

हम उठ खड़े होते हैं। आर्केस्ट्रा शुरू होनेवाला है और हम उसके शुरू होने से पहले ही बाहर चले जाना चाहते हैं। दरवाज़े के पास आकर मैं ठहर जाता हूँ और आख़िरी बार पीछे मुड़कर देखता हूँ। मेज़पोश पर वे लकीरें अब भी अंकित हैं, जो अनजाने में उसने चम्मच से खींच दी थीं। उन लकीरों के दोनों ओर दो प्याले हैं, जिनसे हमने अभी कॉफ़ी पी थी। वे दोनों बिलकुल पास-पास पड़े हैं...और कुछ देर तक वैसे ही पड़े रहेंगे, जब तक बैरा उन्हें उठाकर नहीं ले जाएगा। वे दो कुर्सियाँ भी हैं, जिन पर हम इतनी देर से बैठे रहे थे और जो अब ख़ाली हैं। कुछ देर तक वे वैसी ही ख़ाली, प्रतीक्षारत पड़ी रहेंगी।

जार्ज की फियान्स ने मुझे देखा है। वह मुझे देखती हुई शरारत-भरी दृष्टि से मुस्करा रही है। वह समझती है, हम दोनों लवर हैं। जार्ज ने शायद उसे बताया होगा। जार्ज स्टेज पर ड्रम के आगे बैठा है। कुछ ही देर में आर्केस्ट्रा शुरू हो जाएगा। जार्ज ने भी मुझे देख लिया है। वह धीरे-से ड्रम-स्टिक हवा में घुमाता है। "गुड-लक!" उसने कहा और धीरे-से आँख दबा दी।

मैं बाहर चला गया।

बाहर बादल छँट गए हैं। कॉरिडोर में धूप सिमट आई है! 'एल्प्स' के बाहर अंग्रेज़ी पत्रिकाओं की दुकान पर कुछ लोग जमा हो गए हैं। सामने क्वीन्स-वे की दुकानों के आगे भीड़ लगी है। क्रिसमस-रिडक्शन-सेल की तख़्तियों पर टँगे रंग-बिरंगे रिबन हवा चलने से फरफराने लगते हैं। उनके पीछे दिसम्बर का नीला आकाश फैला है।

मुझे एक लम्बी-सी जम्हाई आती है और आँखों में पानी भर जाता है।

"क्या बात है?" उसने पूछा।

"कुछ नहीं," मैंने कहा।

"मुझे कुछ क्रिसमस कार्ड ख़रीदने हैं, मेरे संग आओगे?" उसने कहा।

"चलो," मैंने कहा। "मैं बिलकुल ख़ाली हूँ।"

हम दोनों क्वीन्स-वे की ओर चलने लगते हैं।

"ज़रा ठहरो, मैं अभी आता हूँ।" मैं पीछे मुड़ गया और तेज़ी से क़दम बढ़ाता हुआ अमरीकी पत्रिकाओं की दुकान के सामने आ खड़ा हुआ।

पुरानी पत्रिकाओं का ढेर मेरे सामने बेंच पर रखा था। मैं उन्हें उलट-फेरकर नीचे से एक मैगज़ीन उठा लेता हूँ। वही कवर है, जो अभी कुछ देर पहले देखा था। वही बीच का दृश्य है, जिस पर अर्द्धनग्न युवती धूप में लेटी है।

"क्या दाम है?" मैंने पूछा।

लड़के ने मुझे देखा, दाम बताया और मुस्कराते हुए सीटी बजाने लगा।

मायादर्पण

छज्जे पर भूरी, जलती रेत की परतें जम गई हैं। हवा चलने पर अलसाए-से धूल-कण धूप में झिलमिल-से नाचते रहते हैं। लड़ाई के दिनों में जो बैरक बनाए गए थे, वे अब उखाड़े जा रहे हैं। रेत और मलबे के ढूह ऐसे खड़े हैं, मानो कच्ची सड़क के माथे पर गोमड़े निकल आए हों!

खिड़की से सबकुछ दीखता है। दिन और शाम के बीच कितने विचित्र रंगों की छायाएँ टीलों पर फिसलती रहती हैं!

दूर से निरन्तर सुनाई देता है, पत्थर तोड़ने की मशीन का शोर, दैत्य के घुर्राटों की तरह...घुर्र-घुर्र-घुर्र...।

दोपहर की नींद के कच्चे कगारों पर ये आवाज़ें हल्की लहरों-जैसी थप-थप टकराती हैं।...तरन अकबकाकर जाग गई। हाथ माथे पर गया तो लगा, पसीने की बूँदों पर बाल चिपक गए हैं। बिन्दी की रोली दोनों भौंहों के बीच फैल गई है। उसे लगा, मानो वह अब तक जाग रही थी।

सचमुच जागने पर पता चला था कि सोते समय भी वह यही बराबर सोच रही थी। दुपहर की नींद जो ठहरी—आधी आँखों में, आधी बाहर।

आँखें धोईं, बिन्दी पोंछ दी, पम्प के पानी को चुल्लू में लेकर आँखों में छिड़का। ग़ुसलख़ाने की खुली खिड़की से मैदान का वह हिस्सा दीखता था, जहाँ बैरकों को ढहाया जा रहा था। आधी टूटी इमारतें, सूखे-भग्न कंकालों-सी खड़ी थीं। सूखी रेत के कण तितीरी धूप में मोतियों-से झिलमिला उठते थे। तरन को लगा, मानो उसके दाँतों के भीतर भी रेत चरमरा रही हो।

"देख तो, तरन, बाबू उठ गए हों, तो हुक्का उनके कमरे में रख आ," बुआ ने रसोई से सटी कोठरी से आवाज़ दी।

इतनी उम्र में भी बुआ को सबकुछ याद रहता है। लगता है, जैसे उठते-बैठते, सोते-जागते उनकी चेतना की डोर बाबू की दिनचर्या से जुड़ी रहती है। अपनी कोठरी की देहरी पर ऊँघती रहती हैं बुआ, आस-पास के कार्य-कलाप से सर्वथा निर्लिप्त। इस पर भी उन्हें बाबू की हर ज़रूरत का आभास कैसे हो जाता है, तरन के लिए यही सबसे बड़ा आश्चर्य है।

शाम होते ही दीवान साहब अधीर आतुरता से मेहमानों की प्रतीक्षा करने लगते हैं। थोड़ी देर के लिए कुछ दूर छोटी लाइन के स्टेशन पर टहलने निकलते हैं, तो भी जल्दी वापस लौट आते हैं, ताकि कोई अचानक उनकी अनुपस्थिति में घर न आ जाए। आते ही बुआ से पूछते हैं कि उनके पीछे कोई आया तो नहीं था? बुआ 'ह-न' के अलावा कोई उत्तर नहीं दे पातीं। बरसों बाद आज भी उन्हें दीवान साहब से विचित्र अज्ञात-सा भय लगा रहता है। छोटी थीं, तो भी भाई के सामने सिर झुका रहता था, विधवा होने पर दीवान साहब ने कुछ रुपये महीने बाँध दिये थे। अब इस उम्र में, मालकिन के न रहने पर आई हैं, वह भी इसलिए कि इतने बड़े घर में तरन अकेली है। तरन न होती तो क्षण-भर के लिए भी उनका इस उजाड़ अकेले घर में रहना दूभर हो जाता।

धूप मिटते ही बरामदे में जमघट लग जाता है। सरकारी सुपरवाइज़र मिस्टर दास से लेकर बड़े ठेकेदार मेहरचन्द तक काम ख़त्म होने पर दीवान साहब के बरामदे में कुछ देर के लिए सुस्ताने आ बैठते हैं। और है भी क्या इस उजाड़ बस्ती में, जहाँ दिन की थकान उतारी जा सके? अहीरों के मिट्टी के झोंपड़े, इक्की-दुक्की पान-बीड़ी की दुकानें, ढाबे और ऊपर टीले पर काल-भैरव का मन्दिर। ले-देकर एक दीवान साहब का ही तो घर है, जहाँ दूर शहरों से आए प्रवासी भद्र लोग घड़ी-दो घड़ी हँस-बोलकर जी हल्का कर लेते हैं।

"देख तो, तरन, ज़रा चिलम तो भर लाना दास बाबू के लिए," दरवाज़े की ओर मुँह मोड़कर बाबू ने कहा।

उनके चेहरे की मुस्कान में अब ऊब का भाव डूबने लगा था। दास बाबू आए हैं, तो और लोग भी आते होंगे।

"आज इतनी देर कैसे हो गई? भोंपू तो कब का बज चुका!"

दास बाबू का थुल-थुल गेंद-सा शरीर आरामकुर्सी में धँस गया। बोले, तो नकली पीले दाँत कटकटा गए, "नहर-पार ज़मीन देखने गया था। वापस लौटते हुए नया पेट्रोल-पम्प देखने रुक गया। अब यहाँ पेट्रोल की दिक़्क़त नहीं रहेगी, दीवान साहब!"

तरन भीतर से हुक्का लेकर आई, तो दास बाबू सिमट गए अपने में। पचास से ऊपर उनकी उम्र लाँघ गई है, किन्तु किसी स्त्री के सामने आज भी घबरा-से जाते हैं।

तरन के पाँव पीछे मुड़े, तो वह तनिक स्वस्थ हुए। गले को साफ़ किया, फिर भी जब बोले, तो आवाज़ खँखारती रही, "कुछ दिनों के लिए हरिद्वार-ऋषिकेश क्यों नहीं घूम आते, दीवान साहब? न हो, बिटिया का मन ही बहल जाएगा। दिन-रात अकेले में क्या ऊब नहीं जाती होगी?"

दास बाबू तरन का नाम नहीं ले पाते। वह ज़रा उम्र में छोटी होती, तो उसके सम्मुख इतना घना-सा संकोच न घिर आता; ज़रा उम्र में छोटी होती,

तो नाम सहज-स्वाभाविक हो जाता। किन्तु इन दो सीधी, स्पष्ट सीमाओं के बीच आयु की धुरी समय के जिस दलदल में फँसी रह गई है, उम्र जहाँ न बढ़ती है, न घटती है, उसे क्या कहकर सम्बोधित करें, दास बाबू कभी समझ नहीं पाते।

बाबू कुछ भी न कहकर चुप बैठे रहे। वह अपने इन मित्रों से हँस-बोल लेते हैं, यह बात और है; किन्तु मन में हमेशा उन्हें अपने से छोटा समझते हैं। इतनी घनिष्ठता के बावजूद उन्होंने अपने और दूसरों के बीच कहीं एक लकीर खींच रखी है, जिसे उल्लंघन करने का दुस्साहस कोई भी नहीं कर पाता।

तरन के पाँव, जो दास बाबू की बात पर सहसा देहरी पर ठिठक गए थे, फिर आगे बढ़ गए। दूसरे कमरे में बुआ पुराने कपड़े सी रही थीं। उनकी आँख बचाकर वह अपने कमरे में चली आई। दरवाज़ा बन्द करके भी देर तक दरवाज़े के आगे खड़ी रही। बरामदे की आवाज़ों को नहीं सुनती, सुनती है उस निर्भेद्य मौन को, जो सारे घर में छाया है, जिसके भीतर ये आवाज़ें परायी, अपरिचित, भयावह-सी जान पड़ती हैं।

खिड़की से बरामदा दीखता है। जब किसी शाम बाबू के मित्र नहीं आते, तो वह अकेले आँखें मूँदे कुर्सी पर बैठे रहते हैं। ऐसे क्षणों में कितना गहन-सा मौन बाबू के इर्द-गिर्द घिर जाता है! उसने कई बार सोचा है कि ऐसे में वह बरामदे में उनके पास जाकर बैठ जाए, इधर-उधर की बातें करे। आख़िर इस घर में अब वे दो ही तो रह गए हैं, जो विगत दिनों की स्मृतियों में एक-दूसरे के साझीदार हो सकें। किन्तु इतने पर भी कभी पाँव नहीं उठते, सिर्फ़ खिड़की से ही वह चुपचाप उन्हें देखती रही है।

हवा चलती है, दुपहर-शाम, साँय-साँय। मैदानों के टीलों-ढूहों से मिट्टी, रेत के गरम रेले बार-बार दरवाज़े खटखटाते हैं और रास्ता न पाकर आँगन में बिखर जाते हैं।

कभी-कभी सड़क को समतल बनाने के लिए बारूद से चट्टानों को फोड़ा जाता। विस्फोट होते ही कँपकँपाता-सा धमाका होता, आर-पार धरती हिल जाती, दूर-दूर तक ख़तरे की लाल झंडियाँ हवा में लहराती रहतीं।

ऊँघती हुई तरन अचानक अचकचाकर चौंक-सी गई, मानो किसी ने झटका देकर उसे झिंझोड़ दिया हो! शाम का बुझा-बुझा-सा पीलापन चुपके-से सारे मैदान में फैल गया था।

बुआ कमरे में आईं। उसे खिड़की के पास ऊँघते देखा, तो झिड़ककर कहा, "कितनी बार कहा है, दोनों वक़्त मिलते समय अँधेरे कमरे में नहीं बैठते। शम्भू को लेकर तनिक बाहर क्यों नहीं घूम आती?"

किन्तु उसी समय सीढ़ियों पर भारी पदचाप सुनाई दी। तरन की आँखें अनायास खिड़की की ओर उठ गईं, इंजीनियर बाबू आए थे।

यह इंजीनियर बाबू भी अजीब हैं! इस तरह धम-धम करते आते हैं कि सारा घर हिल उठता है।

चार-पाँच महीने पहले इधर सरकारी आर्किटेक्ट होकर आए थे, किन्तु यहाँ सब उन्हें 'इंजीनियर बाबू' के नाम से ही सम्बोधित करते हैं। उनकी चाल-ढाल और बातचीत से ऐसा जान पड़ता है, मानो बरसों से यहाँ रहते आए हों! वह बाबू के रोज़मर्रा आनेवाले मित्रों में नहीं हैं, बाबू के मित्र हैं, यह कहना भी कठिन है, शायद इसलिए कि उम्र में वह बाबू से आधे हैं और कोशिश करने पर भी बाबू उनसे हँस-खुलकर बातचीत नहीं कर पाते।

तरन ने हड़बड़ाकर बालों को समेट लिया, दो-तीन बार जल्दी-जल्दी कंघी से उन्हें कहीं धीरे-से दबाया, कहीं हल्के-से उठाया। पाउडर लगाया तो आँखें फड़फड़ा उठीं। माँग के नीचे, माथे के बीचोबीच बिन्दी लगाते हुए तरन का हाथ क्षण-भर के लिए ठिठक-सा गया। सोचा, क्या यह भ्रम है? न, अपने लिए उसे कोई भ्रम नहीं था।

चेहरे का आकर्षण, चाहे जिसमें जैसा होता हो, वह जानती थी कि उसमें नहीं है। उसके लिए अब मन क्लान्त नहीं होता। बरसों पहले सड़क पर चलते हुए कोई उसकी ओर देखता, तो तन-मन सिहर उठता था। वह दौड़कर वापस आती थी, घंटों आईने के सामने खड़ी रहती थी। क्या देखते हैं लोग उसमें? यह प्रश्न कितना विचित्र था और इसका उत्तर पाने के लिए कितनी देर तक दिल धौंकनी की तरह चलता रहता था।

आज जब कभी लोग देखते हैं, तो उसे स्वयं अपने पर आश्चर्य होता है। लगता है, जैसे वह अपने को छोड़कर उनके संग मिल गई है, उन्हीं की कौतूहल-भरी दृष्टि से अपने को देख रही है...।

"आप अभी तक यहीं बैठी हैं?"

तरन एकाएक चौंक-सी गई। दरवाज़े पर इंजीनियर बाबू खड़े थे।

"मैं अभी बरामदे में आ रही थी। आप चाय पी चुके?"

"चाय फिर किसी दिन पीने आऊँगा, जब आपको बरामदे में आने की फुरसत होगी!...इस वक़्त तो झटपट घर पहुँचना है।"

तरन ने उनके सामने चौकी रख दी।

"ठहरिए, कुछ खाकर जाइए। अभी तो आप आए हैं!"

तरन रसोई की ओर जाने लगी, किन्तु इंजीनियर बाबू ने उसे बीच में ही रोक दिया, "देखिए, इस वक़्त यह झंझट रहने दीजिए। अभी-अभी शहर से लौट रहा हूँ। रास्ते में धूल-गर्द खाई है, उससे बिलकुल पेट भर गया है।"

जब कभी इंजीनियर बाबू हँसते हैं, तरन को हमेशा यह महसूस होता है कि इस बस्ती के लोग चाहे आदर-भाव से उन्हें 'इंजीनियर बाबू' कहकर पुकारें, उम्र में वह उससे छोटे ही हैं। पहले-पहल जब उसने इन्हें दीवान साहब की मित्र-मंडली के बीच बरामदे में देखा था, तो गहरा आश्चर्य हुआ था। इतने बड़े बुज़ुर्गों के बीच कॉलेज के छात्र-से दीखनेवाले यह इंजीनियर बाबू ठीक से फिट नहीं बैठते थे।

"आप उस तरफ़ आईं नहीं, मोंटू आपके बारे में रोज़ पूछता है।"

मोंटू इंजीनियर बाबू का नौकर है। जब कभी तरन रेलवे लाइन के पार टहलने जाती है, वह उसे हमेशा मिलता है।

"इस बार आऊँगी। आप रहेंगे?"

"अगले हफ़्ते आइएगा। चार-पाँच दिन के लिए एकदम बहुत काम आ पड़ा है।"

इंजीनियर बाबू जाने से पहले एक क्षण रुके, रूमाल से अपनी ऐनक का शीशा साफ़ किया।

तरन की आँखें चुपचाप ऊपर उठ गईं और देर तक उसी रिक्त स्थान पर टिकी रहीं, जहाँ कुछ क्षण पहले इंजीनियर बाबू खड़े थे।

कैसे हैं यह इंजीनियर बाबू!...खट-खट करके जब सीढ़ियाँ उतरते हैं तो सारा घर हिल उठता है।

खिड़की के परे रेलवे लाइन के ऊपर डूबता सूरज ख़ून की लम्बी-सी रेखा खींच गया था। ऊँची-नीची चट्टानों के बीच मज़दूरों के खोखल, शाम की पीली धूप में छोटे-छोटे लकड़ी के बक्सों-से दिखाई देते थे। काली देवी के मन्दिर के आस-पास फीके गुलाबी धुएँ का बादल क्षण-प्रतिक्षण गाढ़ा होने लगा था।

तरन खिड़की से उठकर पलंग के पास चली आई। अधलिखा पत्र तकिये के नीचे अब भी दबा था। सुबह से भाई को पत्र लिखने बैठी है, किन्तु अभी तक मुश्किल से पाँच-छ: सतरें ही लिख सकी है। जब-जब लिखने की कोशिश करती है, भाई का चेहरा समय की बुझी-बासी परतों को काटता हुआ आँखों के सामने घूम जाता है—वह चेहरा नहीं, जो भाई बाबू से लड़कर घर छोड़ते समय अपने संग ले गए थे। उसकी तो विकृत, भयावह मुद्रा, इतने बरसों बाद आज भी जब कभी याद आ जाती है, तो दिल काँप उठता है; न, वह चेहरा नहीं, एक और शक्ल है, बहुत सादी, बहुत उदास...तब माँ नहीं रही थीं। शुरू से ही बाबू का

इतना डर था कि जी भरकर रोने में भी झिझक होती थी। और तब भाई आए थे।...'देखती नहीं, तरन, बाबू कितने अकेले रह गए हैं!' उन्होंने काँपते होंठों से कहा था—'हमें उनके संग रहना होगा।...कुछ दिनों में फिर सबकुछ पहले जैसा ही हो जाएगा।'

और आज तरन सोचती है, कहाँ हो पाया सबकुछ पहले जैसा? उन दिनों वह काफ़ी छोटी थी। भाई क्यों चले गए और बाबू उन्हें क्यों नहीं रोक पाए, तब कुछ भी समझ में नहीं आया था। आज लगता है, माँ एक कड़ी थीं परिवार और बाबू के बीच। उनके जाते ही वे एक घर में रहते हुए भी सहसा एक-दूसरे के लिए अजनबी-से बन गए थे।

बुआ उसे भोजन के लिए बुलाने आईं। तरन के हाथ में काग़ज़ देखकर पूछा, "क्या कोई चिट्ठी आई है?"

"भाई को लिख रही थी। कल से उनका पत्र आया पड़ा है।"

"क्या कुछ आने के लिए लिखा है?"

"लिखा है, कुछ दिनों के लिए मैं उनके पास चली जाऊँ...क्यों बुआ, चली जाऊँ तो कैसा रहेगा?"

बुआ विस्मय से आँखें फाड़ते हुए तरन को देखती रहीं। इतनी दूर आसाम तरन अकेली जाएगी, इसकी कल्पना करना भी पागलपन लगता है।

"बहन के लिए इतनी मोह-ममता होती, तो इतने बरसों में क्या एक बार भी वह देखने नहीं आता?" बुआ बोलीं, "बाप से लड़ाई है, तो क्या सबसे किनारा कर लेना चाहिए?"

दमा के कारण बुआ से अधिक नहीं बोला जाता। जितने शब्द मुँह से बाहर निकलते हैं, उनसे कहीं ज़्यादा चढ़ती साँस के भँवर में डूब जाते हैं। बुआ की आँखों में आँसू देखकर तरन एकाएक निश्चय नहीं कर सकी कि वे उसके भाई के लिए हैं, अथवा खाँसी के कारण ख़ुद-ब-ख़ुद उमड़ आए हैं।

"तुम चलो बुआ, मैं अभी आती हूँ।" कमरे में बोझिल-सा सन्नाटा छा जाता है। बरामदे में चहलक़दमी करते हुए बाबू की थकी, अनिश्चित-सी पदचाप सुनाई दे जाती है। खिड़की के बाहर मैदान के अँधेरे में मिट्टी के लम्बे-लम्बे दूहों की पतली छायाएँ फीकी चाँदनी में उघड़ आई हैं।

एक धुँधली-सी तसवीर उभर आती है। ढलवाँ घाटियों पर दूर-दूर तक ऊपर-नीचे चाय के बाग़ फैले हैं...इन्हीं बाग़ों के बीच पेड़ों के झुरमुट के पीछे कहीं भाई रहते होंगे। कहते हैं, वहाँ स्टीमर पर जाना पड़ता है...जाने स्टीमर पर बैठकर कैसा लगता होगा!

तरन उस छोटे-से स्टेशन के सिग्नल की हरी बत्ती देखती रही। पास आती ट्रेन के पहियों की गड़गड़ाहट मकान की दीवारों, मैदान में दूर खड़े घट्टों और टीलों को झिंझोड़-सी जाती है। कुछ देर के लिए पत्थर तोड़ने की मशीन की भयावह घुर्र-घुर्र ट्रेन के पहियों-तले डूब जाती है। इंजन की हेडलाइट के घूमते प्रकाश-वृत्त में आस-पास खड़े झाड़-झंखाड़ झिलमिला उठते हैं...और फिर वही पहले जैसी घनी, बोझिल चुप्पी चारों ओर फैल जाती है।

उस रात बुआ तरन के कमरे में आईं और देर तक बैठी रहीं। तरन की ओर कभी-कभी देख लेतीं और फिर एक लम्बी गहरी साँस लेकर सुपारी कतरने लगतीं।

"सो गई, तरन?" बुआ कभी-कभी शंकित स्वर में सिर उठाकर पूछ लेतीं।

"न बुआ, अभी नहीं।"

तरन समझ जाती कि बुआ कोई बात शुरू करने से पहले रास्ता टटोल रही हैं। वह चुपचाप आँखें मूँदकर प्रतीक्षा करती रहती।

"आज तेरी माँ के कमरे में गई थी," बुआ कुछ देर बाद धीरे-धीरे बोलीं, "मैं तो देखकर हैरत में आ गई, तरन!...न जाने कितने बरसों से

उसने ये सब चीज़ें जोड़-जोड़कर जमा की हैं!...उसने ब्याह की साड़ी तक सन्दूक में अभी तक सँभालकर रखी है।"

तरन के मन में हल्का-सा कौतूहल जाग उठा—माँ का भी ब्याह हुआ होगा, इस पर कभी-कभी विश्वास नहीं होता।

"तेरे बाबू उन दिनों नये-नये दीवान बने थे।...बड़ी धूमधाम से उनका ब्याह हुआ था। सिखों के दरबार में एक वही तो हिन्दू दीवान थे, जो बेरोकटोक राजा से मिलने जाया करते थे।"

बुआ की आँखों में एक बहुत पुराना, कभी न मिटनेवाला सपना तिर आया, हाथ का सरौता चलते-चलते रुक गया। "एक दिन रियासत के अंग्रेज़ रेज़िडेंट उनसे मिलने आए थे। मुहल्ले के सब लोग आश्चर्य में अपने-अपने घरों से निकलकर हमारे घर के सामने जमा हो गए थे। किन्तु तेरे बाबू अपने नेम-धर्म के इतने पक्के थे कि उनके जाने के बाद उन्होंने स्नान किया और सब बर्तनों को दुबारा धुलवाया था।"

तरन उठकर पलंग पर बैठ गई। कितनी बार उसने बुआ के मुँह से ये सब बातें सुनी हैं, किन्तु हर बार मन गें नये रिरे से उत्सुक हो उठती है। लगता है, जैसे वह चोरी-चुपके, दबे पाँवों किसी विचित्र, मायावी प्रदेश में चली आई है...!

"बुआ, तुमने तो उन दिनों बाबू को देखा होगा। क्या तब भी तुम्हें उनसे आज की तरह डर लगता था?"

"अरे, कौन नहीं डरता था तेरे बाबू से?"...बुआ के होंठों पर एक म्लान महीन-सी मुस्कराहट सिमट आई, "उन दिनों का डर ही तो आज तक चला आता है।...तेरी माँ को तो मुझसे भी ज़्यादा डर लगता था। वह तो बस टुकुर-टुकुर उन्हें देखती ही रहती थी। जिस दिन तेरे बाबू दरबार जाते थे, मैं और वह झरोखे में खड़े होकर लुक-छिपकर उन्हें देखा करती थीं। चूड़ीदार चमचमाता पाजामा, सफ़ेद रेशमी अचकन और सिर पर राजसी, प्याज़ी रंग की पगड़ी...हमारी आँखें उन पर से उठती ही न थीं।"

बुआ के हाथ सरौते पर टिके रहे, आँखें शून्य के न जाने किस कोने में जाकर अटक गईं।

"सोचती हूँ, जब आज बाबू तेरे लिए ऊँची ज़ात और बड़े घराने की बात चलाते हैं, तो क्या यह ठीक है? वह बात आज कहाँ रही, जो वर्षों पहले थी? आज अपनी कौन इज़्ज़त रह गई है जो बड़े घर-घराने का लड़का मिले! लेकिन उन्हें यह बात समझाए कौन?"

बुआ की आँखों में एक घना, अभेद्य-सा आश्चर्य घिर जाता है, मानो वह ख़ुद न समझ पा रही हों कि जो नहीं रहा, आज भी कैसे जोंक की तरह चिपटा है। मान-गौरव नहीं रहा, ज़मीन-जायदाद कब की बिक-लुट गई, बाप-दादा की विरासत के नाम पर बचा रह गया है एक यह मकान और समय की धूल में लदा-फँदा फटे चिथड़े-सा 'दीवान' का ख़िताब, जिसे चाहे ओढ़ लो, चाहे दिखा लो, पर जो नहीं है, उसे कोई कब तक मानेगा?

बुआ का कंठ भारी हो उठता है, आँखों के आगे गीला-सा झिलमिला तैर जाता है, किन्तु मुस्कराहट उनके होंठों पर तब भी जमी रहती है, मानो वह उसे मिटाना भूल गई हों।

किन्तु तरन को बात का यह पहलू अब बिलकुल नहीं अच्छा लगता। अच्छा लगता था पहले, जब माँ हँसी-हँसी में वे गहने दिखाया करती थीं, जो उसे ब्याह पर दिये जाएँगे। तब हल्की-सी गुदगुदी होती—ब्याह के लिए नहीं, गहनों के लिए नहीं, बल्कि उस अजीब, अनजानी ख़ुशी के लिए, जो उसकी अपनी थी, जिसमें वह बिलकुल अकेली थी।

तरन फिर लेट गई। खिड़की से सिग्नल की लाल बत्ती दीखती है, दूर अँधेरे में। नहर के पीछे बैरक हैं, जिन पर रात चुपचाप झुक आई है। इन्हीं बैरकों की किसी सँकरी अँधेरी कोठरी में इंजीनियर बाबू रहते होंगे, तरन ने सोचा और आँखें मूँद लीं।

उस पल उसे कुछ भी महसूस नहीं हुआ। यह भी याद नहीं रहा कि बुआ ने उससे कुछ कहा है। टाँगों पर एक हल्की मीठी-सी थकान उतर आई। बरसों पहले की एक धुँधली-सी अनुभूति कहीं भीतर धीमे से उमड़ आई है। लगता है, जैसे वह टब के पानी में अपनी नंगी देह पसारे लेटी है। बीच में कुछ भी नहीं है, कोई भी घटना नहीं घटी है। जो बीता है, जो कुछ भी घटा-बढ़ा है, वह सब पानी के ऊपर है...।

"सो गई, तरन?" बुआ ने पूछा।

इस बार तरन स्वयं निश्चय नहीं कर सकी कि वह नींद के इस तरफ़ है या दूसरी तरफ़। पानी के ऊपर छायाएँ तिरती हैं, किन्तु उसके नीच कितना ढेर-सा मौन बिखरा है...!

फिर अनेक दिन ऐसे आते हैं, जब दीवान साहब अपने कमरे से बाहर नहीं निकलते। बरामदा सूना पड़ा रहता। ख़ाली कुर्सियों पर सूखी गरम रेत और चूने की परतें इकट्ठी होती रहतीं। बुआ कई बार बाबू के कमरे तक गई हैं और चुपचाप वापस लौट आई हैं। खाना भी वह अपने कमरे में मँगवा लेते। आते-जाते कभी सामने पड़ जाती थी, तो देखते भी नहीं, देख भी लेते तो इस तरह से मानो उसे पहचान पाने में दुविधा हो रही हो। उनकी कोशिश यही रहती कि जहाँ वह बैठी हो, वहाँ न जाना हो। अकस्मात मुठभेड़ भी हो जाए, तो दूसरी तरफ़ देखने लगें, या रास्ता बचाकर निकल जाएँ।

तरन समझती है, बाबू उससे दूर-दूर क्यों रहने लगे हैं, क्यों घर में तनाव रहने लगा है। पहले, बहुत दिन ग़ुस्सा आता था...अब वह भी नहीं आता, केवल रूखी-सी रिक्तता मन में भर जाती है। कभी-कभी वह सोचती है कि यदि बाबू को उससे इतनी विरक्ति है, तो क्यों नहीं उससे छुटकारा पा लेते? कई बार बुआ ने ज़ोर डालकर बाबू से पत्र लिखवाए हैं, बातचीत आगे भी बढ़ी है, उसकी फ़ोटो और जन्म-पत्री बाहर भेजी गई है, किन्तु हर बार बीच में ही सबकुछ रुक जाता है। क्यों रुक जाता है, आज तक तरन की समझ में नहीं आया है...।

आज भी तरन जब उस रात की घटना सोचती है, तो सारी देह में झुरझुरी-सी दौड़ जाती है।

उस रोज़ आधी रात से कुछ पहले बुआ उसके कमरे में आई थीं। वह जाग रही थी। अँधेरे में बुआ की पदचाप धीरे-धीरे उसके पलंग के पास सरकती सुनाई दी थी। वह साँस रोके लेटी रही थी।

"बुआ, तुम हो?"

बुआ का स्वर काँप रहा था, "तूने कुछ सुना?"

तरन उठकर बैठ गई। आँखें फाड़ते हुए अँधेरे में धुएँ की काली छाया को देखा।

"क्या बात है, बुआ?"

"मुझसे अब इस घर में नहीं रहा जाएगा।"

"क्या बात है, बुआ?"

"कहना अब कुछ बाकी रहा है, तरन?" बुआ का गला रुँध-सा गया।

तरन स्तब्ध आँखों से अँधेरे के उस भाग को देखती रही, जहाँ बुआ खड़ी थीं।

"तुमसे कुछ बात हुई थी?" तरन ने पूछा।

"मैं तो कमरे में ही बैठी रही थी, वह ख़ुद आए थे।...मैं कहती हूँ कि जो कुछ उन्हें कहना है, तुझसे क्यों नहीं कहते?...तू अब बच्ची तो नहीं रही...नाहक मुझे बीच में क्यों घसीटते हैं?"

"क्या कहते थे, बुआ?" तरन के स्वर में एक अजीब-सा खोखलापन उभर आया।

"उनकी बात मुझे कुछ समझ में नहीं आती।...कहते थे, 'माँ के सामने सबकुछ हो जाता, तो ठीक रहता।' फिर देर तक चुपचाप कमरे में घूमते रहे।...मैंने मौक़ा देखकर कहा कि 'ऊँचे खानदान को लेकर आजकल कौन बैठा रहता है? अच्छा लड़का मिले तो सबकुछ है।' लेकिन मेरी बात सुनते ही वह एक मिनट भी कमरे में नहीं ठहरे।

तेज़ी से अपने कमरे में गए और फटाक से दरवाज़ा बन्द कर लिया। कुछ देर बाद जब बाहर आए तो एकाएक उन्हें पहचान नहीं सकी। आँखें सुर्ख़ हो रही थीं, माथे पर बाल बिखरे थे। तेरी माँ के मरने के बाद मैंने उन्हें कभी इस रूप में नहीं देखा। हाथ में एक पोटली थी, जो उन्होंने मेरे सामने फेंक दी...।

"'इसकी माँ के गहने इसमें रखे हैं, इन्हें लेकर वह जहाँ जाना चाहे, चली जाए। लड़का चला गया तो मर नहीं गया; यह चली जाएगी, तो भी मुझे कुछ नहीं होगा...' मैं तो भौंचक्की रह गई, तरन! क्या अपनी लड़की के लिए कोई ऐसे कहता है?"

उस रात बुआ का प्रश्न अँधेरे में भटकता रहा था। वह कुछ भी नहीं समझ पाई थी कि बाबू उससे क्या चाहते हैं। उसे अपने से ही डर लगने लगा था। लगा, जैसे बाबू को उस पर सन्देह है, मानो वह भी भाई की तरह किसी-न-किसी दिन उन्हें धोखा देकर चली जाएगी।... पहले उसने कभी ऐसा नहीं सोचा था, किन्तु उस रात बाबू के सन्देह ने उसके मन को भी अस्थिर कर दिया। क्या सचमुच वह इस घर में रहना चाहती है? उसने बार-बार अपने से पूछा था और उसे लगा था कि शायद बाबू का सन्देह सही हो। शायद उसे उस घर से, घर के साँय-साँय करते कमरों से डर लगता है, जिसे आज तक वह छिपाती आई है—क्या यह सच है?

यह कैसा प्रश्न था, सीधा-सादा सहज, किन्तु उन हज़ारों प्रश्नों में एक, जिनका शायद कोई उत्तर नहीं होता, तरन यह नहीं जानती थी और तभी वह रात-भर तकिये में मुँह छिपाकर थर-थर काँपती रही थी।

उस रात तरन ने अचानक निश्चय कर लिया कि वह कुछ दिनों के लिए भाई के पास जाकर रहेगी...।

दूसरे दिन चाहने पर भी तरन बाबू से अपने जाने की बात कहने का साहस न कर पाई। कई बार उनके कमरे तक गई, किन्तु बिना कुछ

कहे-सुने उल्टे पाँव वापस लौट आई। उसे बाबू से एक विचित्र-सा भय लगता था, जिसे मिटाना कभी सम्भव नहीं हो पाता। उसने बुआ से कहा कि वह बाबू से जाकर कह दे।

बुआ विस्मित-सी उसकी ओर देखती रही थीं। किन्तु बाद में जब उन्होंने उस पर विचार किया, तो लगा कि शायद तरन का चले जाना ही बेहतर है।

उस शाम बाबू ने उसे अपने कमरे में बुलाया था। दरवाज़े की देहरी पर तरन के पाँव सहसा ठिठक गए थे, साँस घुटने-सी लगी थी।

"आ जाओ, इधर बैठो।" बाबू का भारी, धीमा-सा स्वर सुनाई दिया।

दीवार के संग तकिये का सहारा लेकर बाबू बैठे थे, चुप, निश्चल। एक बार विचार आया कि जैसे वह दबे पाँव आई है, वैसे ही वापस लौट जाए, किन्तु उसके पाँव फ़र्श से चिपके रहे।

"सुना है, तुम कुछ दिनों के लिए बाहर जाना चाहती हो?"

तरन चुपचाप बैठी रही। उसे लगा, मानो बाबू भाई का नाम उसके सामने नहीं लेना चाहते! उसने कभी बाबू के मुँह से भाई की चर्चा करते नहीं सुना। जब कभी उसकी चिट्ठी आती है, बाबू बिना पढ़े उसे उसके पास भिजवा देते हैं।

"यहाँ मन नहीं लगता, तरन?" बाबू के स्वर में एक निरीह, अबोध-सी जिज्ञासा थी, मानो उन्होंने पहली बार इस सम्बन्ध में सोचा हो!

तरन की आँखें एक पल के लिए ऊपर उठीं। उसके भीतर एक अजीब-सी उथल-पुथल होने लगी। शायद बाबू उसे रोक लेंगे। शायद उसके बिना उन्हें भी अकेलापन महसूस होता होगा। उसका दिल तेज़ी से धड़कने लगा। यदि एक बार भी बाबू उसे रुकने के लिए कहेंगे, तो वह एकदम अपना इरादा बदल देगी। फिर जाने का प्रश्न ही नहीं उठता।

किन्तु बाबू चुप बैठे रहे। तरन की आँखें नीचे झुक गईं। कमरे की नीरवता फिर बोझिल-सी बन आई।

"अच्छा है, जाना चाहती हो, तो चली जाओ।...मेरी ओर से चिन्ता मत करना।" बाबू का स्वर बिलकुल स्थिर और भावहीन था।

कमरे से बाहर जाते हुए तरन के पाँव एक बार देहरी पर ठिठके थे। सोचा था, शायद बाबू कुछ कहेंगे, किन्तु कमरे में सन्नाटा घिरा रहा...।

शायद कुछ भी कहना शेष नहीं रहा था। उस दुपहर तरन अपने कमरे में ही लेटी रही। इतने दिनों से अगर कोई एक इच्छा होती है, तो यही कि जब इच्छा करे, तभी, उसी क्षण नींद आ जाए। कभी-कभी तो लगता है कि इतने बरसों में जागने के, आँखें खोलकर चारों ओर देखने के जो क्षण आए हैं, वे भी जैसे ग़लत हों, अवास्तविक हों! लगता है, जैसे वे भी पूरी तरह से उसके पास न आए हों, नींद की ड्योढ़ी पर खड़े-खड़े वापस लौट गए हों!

शाम को तरन अपने कमरे से बाहर आई। दुपहर-भर लेटे रहने के कारण शरीर भारी लग रहा था। बाहर दिन-भर रेत उड़ी थी। आकाश पर पीली, मटियाली धूल की तहें जम-सी गई थीं। मैदान के चारों ओर टीलों और मिट्टी के ढूहों पर फीकी, बुझी-बुझी-सी धूप चमक रही थी। तरन ने देखा, बाबू अभी बरामदे में नहीं आए हैं। उनके कमरे का दरवाज़ा अब भी बन्द पड़ा था।

बुआ अपनी कोठरी में खाँस रही थीं और मन-ही-मन कुछ बुड़बुड़ाती जाती थीं। जब कभी हवा का झोंका आता था, उस सूने मकान के दरवाज़े खटखटा उठते थे...।

तरन ने जल्दी-जल्दी चप्पल पहनी। भीतर बुआ से कह आई कि वह कुछ देर टहलने के लिए बाहर जा रही है। न जाने बुआ ने उसकी बात सुनी या नहीं, सीढ़ियाँ उतरते हुए भी तरन को उनकी खाँसी का खँखराता स्वर सुनाई दे जाता था।

दूर-दूर तक रेतीली ज़मीन फैली थी। अस्त होने से पहले सूरज की पीली किरणें कच्चे सोने की-सी रेत पर बिखर गई थीं।

नई सड़क के दोनों ओर रोड़ी-पत्थरों के ढेर छोटे-छोटे पिरामिड-जैसे खड़े थे। उन्हीं के संग-संग चलती हुई तरन पानी के टैंक तक पहुँच गई थी।

सबकुछ कितना दूर और फिर भी कितना अपना था, तरन ने सोचा। कितने वर्षों से वह इन्हें देखती आई है! लड़ाई के दिनों में जब बैरक बनाए जा रहे थे, और मिलिटरी ट्रकें गर्द उड़ाती हुई जब शहर से आती थीं, तब भी वह यहाँ थी। आज, बरसों बाद, जब भीमकाय चट्टानों को तोड़कर नई सड़क खोदी जा रही है, बैरकों को ढाया जा रहा है, यह भी वह सुबह-शाम कमरे की खिड़की से देखती आई है...।

तरन को यह सोचकर हल्की-सी ख़ुशी हुई कि अब कुछ दिनों के लिए वह इनसे छुटकारा पा लेगी। उसे लगा, मानो उसके भीतर का तनाव बह गया है, और जब उसने दूर से कच्ची सड़क पर इंजीनियर बाबू को आते देखा, तो वह बिना मुस्कराए न रह सकी।

इंजीनियर बाबू टैंक के पास आकर रुक गए। उनके सिर पर सोला हैट धूप में चमक रहा था, क़मीज़ की बाँहें ऊपर चढ़ी थीं, जिनके नीचे नंगी बाँहों के बाल धूल-रेत में सने थे। गले के बटन खुले थे और गले के निचले हिस्से पर पसीने की दो-चार बूँदें दिखाई दे जाती थीं। उनके हाथ में एक लम्बा-चौड़ा-सा बोर्ड था। ऐनक के पीछे आँखें वैसी ही चंचल, बेचैन, किन्तु निहायत गम्भीर दिखाई देती थीं।

"आप यहाँ कैसे खड़ी हैं?"

"यों ही ज़रा टहलने की सोच रही थी। घर में तो उमस के मारे बैठा नहीं जाता।...आपको मैंने दूर से ही देख लिया था, इंजीनियर बाबू हालाँकि सोला हैट में आपको पहचानना मुश्किल था।"

इंजीनियर बाबू हँस पड़े। तरन को याद आया कि जब वह शुरू-शुरू में दरवाज़े के पीछे खड़ी होकर बरामदे में इंजीनियर बाबू की हँसी सुनती थी, तो उसे लगता था कि वह उम्र में उससे काफ़ी छोटे हैं।

"इधर शहर जाना हुआ, इंजीनियर बाबू?"

"कैसे होगा?" इंजीनियर बाबू अपनी परेशानियों को कुछ इस ढंग से कहते हैं कि तरन को लगता है, मानो उन्हें उनसे काफ़ी सुख अनुभव हो रहा हो!

"कैसे होगा? तीन दिन से कोई लारी नहीं गई है। उतनी दूर न मैं जा सकता हूँ, न बेचारा मोंटू।"

"लारी नहीं गई है?" तरन आश्चर्य से उन्हें देखने लगी, "फिर खाने-पीने का सामान कौन लाता होगा? यहाँ तो कोई अच्छा होटल भी नहीं है।"

"आप मोंटू को नहीं जानतीं," इंजीनियर बाबू ठहाका मारकर हँस पड़े, "शहर जाने में हम दोनों को ही आलस लगता है, इसलिए उसने यहाँ एक अच्छा-सा ढाबा खोज निकाला है। वहीं से अपने और मेरे लिए, "दोनों जून खाना ले आता है।"

तरन ने इंजीनियर बाबू को देखा। बड़ा विचित्र-सा लगा। कैसे हैं यह इंजीनियर बाबू! अपने शहर, अपने घर को छोड़कर इतनी दूर चले आए हैं। नौकर के अलावा कोई भी तो नहीं है इस उजाड़ प्रान्त में, जिसे वह अपना कह सकें।

"चलिए, आप टहलने आई हैं न!"

ऊँची-नीची, ऊबड़-खाबड़ कच्ची सड़क पर वे दोनों चुपचाप चलने लगे। जब कभी हवा का झोंका आता, आँखें मुँद जातीं। मुँह में रेत करकराने लगती। आँखों के आगे सफ़ेद परदा-सा खिंच जाता। मज़दूरों के खोखलों और झाड़-फूस के छप्परों के ऊपर काली देवी के मन्दिर का दीया जल गया था, हालाँकि धूप अभी तक आस-पास खड़ी चट्टानों और मिट्टी के ढूहों पर रेंग रही थी।

चलते-चलते अचानक इंजीनियर बाबू रुक गए।

"आपने वे टीले देखे हैं, उन खोखलों के पीछे?" इंजीनियर बाबू की दृष्टि कहीं दूर जाकर अटक गई थी।

तरन जिज्ञासा-भरी दृष्टि से उनकी ओर देखने लगी।

"सड़क बनने के बाद उन सबको गिरा दिया जाएगा। रेलवे लाइन के सामने आप जो बंजर भूमि देखती हैं, उसे जोता जाएगा। नहर के इस तरफ़ कारख़ाने बनेंगे। आपके देखते-देखते सबकुछ बदल जाएगा।"

इंजीनियर बाबू का स्वर एकदम बहुत उत्साहपूर्ण हो गया था। शाम की धूप में उनके चश्मे का शीशा बार-बार झिलमिला उठता था।

और भी न जाने इंजीनियर बाबू ने कैसी-कैसी अजीब बातें कही थीं। तरन विस्मय से देखती रही थी, सोचती रही थी कि देखने में चाहे इंजीनियर बाबू कॉलेज के छात्र-से लगते हों, जानते बहुत-कुछ हैं। उसे हँसी केवल इस बात पर आई थी कि वह इतना उत्तेजित होकर क्यों बोल रहे हैं, वह कोई उनका विरोध थोड़े ही कर रही है!

रेलवे लाइन के फाटक के पास आकर वे रुक गए। इंजीनियर बाबू एकाएक चुप हो गए थे, मानो शाम के घिरते अँधियारे का सूनापन उन्हें भी छू गया हो। आकाश पर हँसिया चाँद उग आया था, टीलों की ऊँची-नीची रेखाएँ, जो दुपहर के समय तीखी और सख़्त दिखाई देती थीं, सन्ध्या के फीके आलोक में बेहद नरम और हल्की पड़ गई थीं, मानो अपना अलगाव छोड़कर वे चुप एक-दूसरे के पास सरक आई हों।

"इंजीनियर बाबू, आप कभी आसाम गए हैं?"

"आसाम? नहीं तो। क्यों, वहाँ क्या है?"

"कुछ नहीं, ऐसे ही याद आ गया। वहाँ हमारे भाई रहते हैं, आप ही की उम्र के हैं।"

"ओह!" इंजीनियर बाबू चुपचाप दूसरी ओर देखने लगे थे।

तरन को यहाँ से लौट जाना था, किन्तु वह चुपचाप खड़ी रही थी। हवा का वेग अचानक कम हो गया था। पानी के टैंक के पीछे छोटे-छोटे घरों की नीली छतें शाम की ढलती धूप में चमक रही थीं।

"अब आप वापस लौट जाइए, अँधेरा होने लगा है। कहिए तो मोंटू को साथ भेज दूँ?"

"नहीं, मैं चली जाऊँगी, दूर ही कितना है!"

इंजीनियर बाबू रेल की पटरी पार करके धीरे-धीरे मैदान की दूसरी ओर चलने लगे थे। तरन देर तक उनकी ओर देखती रही। डूबते सूरज के रंग का अन्तिम आभास भी मिटने लगा था।

वापस लौटते हुए तरन एक बार रुकी थी। उसे लगा था, जैसे बरसों बाद उसके पास एक रहस्यमय, अनिर्वचनीय सुख आया है। चारों ओर घिरते अन्धकार की स्निग्ध छाया के बीच उसे अपनी सब चिन्ताएँ निरर्थक-सी जान पड़ी थीं। वह समझ न पाई कि उसे अब तक जो इतना डर लगता रहा था, वह किसलिए था, किससे था? ज़िन्दगी में केवल एक बार जीना होता है और उसे उसके अलावा कोई और नहीं जिएगा। इंजीनियर बाबू को ही देखो, अपना घर-बार छोड़कर इतनी दूर आए हैं, भला किसलिए? उन्हें कैसा लगता होगा?

मैदान के अँधेरे ऊबड़-खाबड़ रास्ते पर चलते हुए तरन को लगा था, जैसे बीते बरसों का बासीपन धुल गया है। उसकी नस-नस में आनन्द की लहर दौड़ गई थी।

नहीं, अब वह इस घर में कभी वापस नहीं आएगी...वह अपनी ज़िन्दगी स्वयं जिएगी। उसे यहाँ अब रहने के लिए किसी का मोह पीछे नहीं खींचेगा...।

सीढ़ियाँ चढ़ते हुए तरन ने ऊपर देखा, बरामदे में निपट अँधेरा था। सारे घर में सन्नाटा फैला था। केवल रसोई की बत्ती जल रही थी, जिसकी रोशनी की एक धूमिल, फीकी-सी रेखा बाबू के कमरे के दरवाज़े पर खिंच आई थी।

दरवाज़ा खुला था। तरन का दिल तेज़ी से धड़कने लगा। क्या बाबू अकेले अँधेरे कमरे में बैठे हैं?

वह दबे पाँव दरवाज़े के पास गई, काँपते हाथों से दरवाज़े को हल्के से पीछे ठेल दिया। आँखें अँधेरे में पहले कुछ भी न पकड़ पाईं, इधर-उधर भटकती रहीं, फिर एक कोने में वे सहसा ठहर गईं।

एकटक देखती रही तरन। निद्रा में चलते मरीज़ की तरह बाबू कमरे में घूम रहे थे। कभी-कभी अकस्मात् कमरे के बीच खड़े हो जाते थे, मानो किसी भूली हुई चीज़ को याद कर रहे हों! फिर अचानक उनके पाँव मुड़ जाते और वह कोने की ताक में रखी हुई बरसों पुरानी तसवीर के सामने आ खड़े होते। उभरी हुई नीली नसों से भरे, काँपते, बूढ़े हाथों से वह फ्रेम पर जमी हुई धूल की परतों को साफ़ करते। धूल कहाँ साफ़ हो पाती है! केवल उनकी अँगुलियों की छाप तसवीर के पुराने, ज़र्द शीशे पर उभर आती है।

कोई शक्ल है, जो व्यतीत के धूमिल परदे पर दीये की लौ-सी झिलमिला जाती है। जार्ज पंचम का सिल्वर जुबली के समारोह के अवसर पर...बरसों पहले जो फ़ोटो लिया गया था, बाबू मंत्रमुग्ध होकर अपलक उसे देख रहे थे। रियासत के अंग्रेज़ी रेज़ीडेंट और अन्य राज्याधिकारियों के बीच जहाँ दीवान साहब बैठे हैं, फ़ोटो के उस कोने पर बाबू की आँखें स्थिर, स्तम्भित-सी जमी रह गई हैं, मानो वह अपने को ही पहचान पाने का प्रयास कर रहे हों!

क्षण-भर के लिए भ्रम होता है : क्या बाबू सचमुच वहाँ हैं, जहाँ खड़े दीखते हैं? क्या इस घड़ी उनके संग कोई नहीं है?

दरवाज़े के पास दीवार से सटकर तरन पत्थर-सी खड़ी रही। आँखों पर एकाएक विश्वास नहीं हुआ। पहली बार तरन ने बुढ़ापे को ऐसी निरावृत्त अवस्था में देखा था और वह बिना हिले-डुले सुन्न-सी खड़ी रही थी।...बाबू के रूखे-सफ़ेद बाल, पतले, लकड़ी-से हाथों पर नीली नसें, चेहरे की असंख्य उदास झुर्रियाँ, क्या यह सबकुछ उसकी आँखों के सामने, उसके देखते-देखते हो गया है?

"बाबू!" तरन के होंठ फड़फड़ा उठे। वह अँधेरे कमरे में बाबू के सामने आकर खड़ी हो गई। जीवन में पहली बार उसने बाबू के इतने निकट जाने का साहस किया था।

बाबू ने धीरे-से सिर ऊपर उठाया, तरन को देखा...और देखते रहे।

"तुम यहाँ क्यों आईं, तरन?" उनका गला भर्रा-सा आया, आँखों में कातरता छलछला उठी।

तरन कमरे से बाहर चली आई। देर तक अँधेरे बरामदे में खड़ी रही। एक भयावह-सा विचार उसके मस्तिष्क में धीरे-धीरे रेंगता रहा। बाबू उसे कभी नहीं छोड़ेंगे और वह उनसे कभी अलग नहीं हो सकेगी...।

वह अकेली रहेगी, किन्तु बाबू की छाया से बँधी हुई।...और बाबू का अकेलापन हमेशा, ज़िन्दगी-भर उससे जुड़कर रहेगा।

वह क्षण, जो आज शाम आया था, रेलवे लाइन के सामने, जब वह इंजीनियर बाबू के संग खड़ी थी, वह शायद ग़लत था, अपने सम्बन्ध में एक सुखद भ्रम से अधिक कुछ नहीं...वह क्षण फिर उसके जीवन में कभी नहीं आएगा।

रात-भर बुआ के कमरे में खाँसने का स्वर सुनाई देता रहा। आधी रात के समय तरन बाबू के कमरे तक गई थी और न जाने कितनी देर तक अँधेरे में दरवाज़े से सटकर खड़ी रही थी। उसे लगा था, मानो माँ उस रात दुबारा मर गई हों और जो आँसू बचपन में नहीं बह सके थे वे इतने बरसों से इसी रात की प्रतीक्षा कर रहे थे...।

अपने कमरे में वापस आकर तरन चुपचाप खुली खिड़की के आगे खड़ी रही थी। दूर-दूर तक मैदान में फीकी-सी चाँदनी बिखरी थी। रेलवे लाइन के परे तीन-चार बत्तियाँ टिमटिमा रही थीं। इन्हीं के आस-पास कहीं इंजीनियर बाबू रहते होंगे, तरन ने सोचा। उसे उस क्षण इंजीनियर बाबू की बात याद हो आई कि कुछ वर्षों में सबकुछ बदल जाएगा।...क्या इंजीनियर बाबू सच कह रहे थे?

क्या सचमुच सब बदल जाएगा? और तरन के होंठों पर एक रूखी-सी मुस्कराहट फैल गई थी...।

खिड़की से हटकर तरन अपने पलंग पर लेट गई। थकान के मारे पलकें भारी हो गई थीं, फिर भी देर तक सोना नहीं हो सका। एक बार बीच में कच्ची नींद का हल्का-सा झोंका आया था, तो लगा था, जैसे सामने भाई खड़े हों...वैसी ही शक्ल थी, वही उदास-सी आँखें...और तरन देर तक भाई के बारे में सोचती रही थी। कितने बरसों से उन्हें नहीं देखा है!...अब तक तो शायद वह बिलकुल बदल गए होंगे...।

एक धुँधली-सी तसवीर आँखों के सामने उभर जाती है : कहीं बहुत दूर, चाय के बाग़ों के झुरमुट में उनका बँगला छिपा होगा। कहते हैं, वहाँ स्टीमर पर जाना पड़ता है। न जाने, स्टीमर में बैठकर कैसा लगता होगा!

एक शुरुआत

लगता है, जैसे एक लम्बे अरसे से हम दोनों इसी तरह ख़ामोश बैठे हैं।

हम दोनों की पहचान बहुत संक्षिप्त है। चैनल पार करते हुए स्टीमर पर परिचय हुआ था—ऐसा परिचय, जिसका ऊपरी तौर से कोई तुक और अर्थ नहीं होता, जो शुरू होने से पहले ही ख़त्म होने लगता है।

लन्दन से प्राग...एक लम्बी रात और पूरा दिन। मैं दुबारा इस रास्ते से वापस लौट रहा हूँ। सर्दियों की फीकी धूप और उठती, डगमगाती लहरों का फ़ेनिल ज्वार।

सोचता हूँ, सागर एक स्वप्न है—डबडबाता स्वप्न।

स्टीमर के यात्री डेक की कुर्सियों पर गुमसुम, चुपचाप बैठे हैं। कुछ घड़ियों के बाद वे यूरोप के अलग-अलग कोने में खो जाएँगे। मेज़ों पर डगमगाते 'लाइट-एल' के गिलास, 'न्यू-स्टेट्समैन' और 'ऑब्ज़र्वर' के फड़फड़ाते पन्ने, एक कोने में मुँदी हुई ख़ामोश निस्पन्द आँखें और चारों ओर फैली हुई एक हल्की-सी थकान...स्टीमर की यह तसवीर

उस स्मृति से कितनी भिन्न है, जब मैं लन्दन आते समय पहली बार चैनल पार कर रहा था! वे गर्मियों के दिन थे और सब लोग यूरोप में छुट्टियाँ गुज़ारकर अपने-अपने घर लौट रहे थे। स्टीमर खचाखच भरा था। चारों ओर नीली जीन्स पहने लड़कियाँ, हवा में उड़ते हुए रंग-बिरंगे स्कार्फ और बियर के गिलासों के इर्द-गिर्द बैठे लड़के-लड़कियों के गुच्छे दिखाई दे जाते थे।

अब वह सबकुछ नहीं है। डेक की कुर्सियों पर बैठे लोग बहुत चुप हैं, अपने में खोए-से। सिर्फ़ समुद्र का स्वर है—एक अधीर बेचैन-सी आवाज़।

अभी तीन घंटे और हैं, शाम तक स्टैंड पहुँचेंगे। तब तक मैं ख़ाली हूँ। मैंने 'प्लेयर्स' सिगरेट के कुछ पैकेट ख़रीदे हैं। यहाँ स्टीमर पर सिगरेटों पर ड्यूटी नहीं लगती, अतः शायद कोई यात्री हो जिसके हाथों में अंग्रेज़ी सिगरेटों के दस-बारह पैकेट न हों। मेरे बैग में एक उपन्यास भी है, जिसे मैंने लन्दन के स्टेशन पर ख़रीदा था। सोचा था, स्टीमर पर ख़ाली समय काटने के लिए पढ़ता रहूँगा। किन्तु अभी तक कुछ भी नहीं पढ़ पाया हूँ। किताब खोलते ही सिर चकराने लगता है। इसलिए मैं कुछ भी नहीं करता। समुद्र ही शायद अपने में बहुत-कुछ है...बहुत-कुछ, और देखा तो कुछ भी नहीं।

'यह एक शुरुआत है,' कोई धीरे-से मेरे भीतर कहता है। डेक की कुर्सी, गीली सफ़ेद धूप और यूरोप का आकाश! मेरा ध्यान अनायास भटक जाता है। मैं उन लोगों के बारे में सोचने लगता हूँ, जो कभी मेरे नज़दीक थे, जिन्हें मैं अगले चन्द वर्षों में नहीं देख सकूँगा।

चन्द वर्ष...एक अजीब-सी शून्यता घिर आती है। मैं सैंडविचेज़ का डब्बा खोलने लगता हूँ।

"आप भी कुछ लीजिए," मैंने कहा।

वह अचानक चौंक-से गए, "नहीं, शुक्रिया!...मैं स्टीमर पर कुछ भी नहीं खाता।"

उन्होंने अपनी आँखें दुबारा सामने फैले समुद्र पर गाड़ दीं, मानो कोई ऐसी चीज़ है, जो खो गई हो, और जिसे वह निश्चिन्त निर्विकार भाव से खोज रहे हैं।

काफ़ी देर तक हम इसी तरह चुपचाप बैठे रहे। मेरे पास कुछ भी करने को नहीं था। समुद्र की ओर देखते-देखते आँखें थक-सी गई थीं, अत: अनायास मेरा ध्यान बार-बार उनकी ओर भटक जाता था।

चश्मे के पीछे अधमुँदी, ख़ामोश आँखें, लम्बा नीला डफल-कोट, करीने से कटे-छँटे बहुत छोटे-छोटे भूरे बाल, जो हवा से बार-बार उनके माथे पर आ जाते थे और जिन्हें वह खोई-सी मुद्रा में ऊपर उठा लेते थे।

स्टीमर के उस उपेक्षित कोने में हम दोनों बहुत पास, फिर भी अपने मौन में एक-दूसरे से बहुत अलग-अलग बैठे हैं। पीली धूप में जल-पक्षियों की कतार सागर के पार उड़ जाती है।

कुछ देर बाद उनकी आँखें मुझ पर उठ आईं—वैसी ही शान्त, वैसी ही निर्लिप्त।

"क्या आप पहली बार चैनल पार कर रहे हैं?"

"नहीं, दो महीने पहले लन्दन आया था, अब प्राग जा रहा हूँ।"

मैंने अपनी यात्रा का संक्षिप्त-सा ब्योरा दिया। उन्होंने बीच में कोई भी प्रश्न नहीं पूछा, चुपचाप सुनते रहे। किताब बन्द करने के लिए जब उन्होंने अपना हाथ डफल-कोट की जेब से निकाला तो मैं अचानक चकित-सा हो गया। उनके नंगे कोमल हाथों से उनकी कम उम्र का पता चलता है, किन्तु उनके माथे की महीन झुर्रियों में अभी से हल्की थकान के चिन्ह दिखाई देने लगे हैं।

स्टीमर चल रहा है। आस-पास समुद्र के फ़ेनिल जल में धूप के द्वीप डूब जाते हैं। और फिर, जब हम उन्हें भूल जाते हैं, वे कहीं दूर बच्चे की किलकारी की मानिन्द अपना चेहरा ऊपर उठा लेते हैं, और लहरों की चमकीली नोकों पर बिछल जाते हैं।

"आप पहली बार यूरोप आए हैं?"

उनकी आवाज़ बहुत धीमी थी। मैं चुपचाप सिर हिला देता हूँ। और तब मुझे लगा, जैसे वह मुस्करा रहे हों!

"म्यूज़ियम, आर्ट-गैलरीज़...शायद आप यही सबकुछ देखेंगे?"

मुझे लगा, जैसे उनके स्वर में हल्का-सा व्यंग्य हो। किन्तु उनका चेहरा पूर्ववत् शान्त और गम्भीर था। उसमें मुझे व्यंग्य का कोई आभास दिखाई नहीं दिया।

व्यंग्य न रहने पर भी मुझे लगा, जैसे उनके शब्दों में कुछ ऐसा है, जो मैं नहीं पकड़ पाया हूँ—ऐसा कुछ, जिसने मुझे क्षण-भर के लिए विचलित-सा कर दिया है।

मेरा गला सूखने लगा था। थर्मस में कुछ कॉफ़ी थी, जो सुबह लन्दन में मेरे मित्र ने स्टीमर पर पीने के लिए दी थी। मैंने उन्हें अपने कप में कॉफ़ी दी। इस बार उन्होंने इन्कार नहीं किया। स्वयं अपने लिए मैं स्टीमर के 'बार' से लागर का गिलास ले आया।

लागर...क्षण भर के लिए लगा, जैसे यह लन्दन के बीते दिनों की अन्तिम, आत्मीय विदा हो! अक्सर कोई थियेटर या कंसर्ट देखने के बाद आधी रात को हम किसी उजाड़ सूने 'बार' में लागर पिया करते थे। लन्दन की गरम, पगली रातों के संग लागर का तीखा रंग जुड़ा है...। यह अजीब बात है कि किसी ख़ास क़िस्म की बियर या शराब या संगीत के संग एक पराये अजनबी शहर की कितनी स्मृतियाँ जुड़ जाती हैं।

डेक पर हवा का झोंका आता है। समुद्र की नीली, खारी बूँदों की एक महीन-सी बौछार हमारे कपड़ों को गीला कर जाती है। हमने अपनी कुर्सियों को कुछ और पीछे, कोने की तरफ़ खींच लिया है। हवा से उनकी किताब के पन्ने खुल गए हैं...रिल्के की चन्द पंक्तियाँ नीले जल में भीग-सी गईं। किन्तु उनका ध्यान उस ओर नहीं था। वह अब भी कॉफ़ी पीते हुए समुद्र की ओर देख रहे थे।

"स्टीमर की स्पीड काफ़ी कम है। शायद स्टैंड पहुँचने तक रात हो जाएगी—उन्होंने अपनी पाइप सुलगा ली।"

"आप ब्रसेल्स जाएँगे?" मैंने पूछा।

"नहीं, ब्रसेल्स के पास एक पहाड़ी क़स्बा है। मैं आजकल वहीं रहता हूँ।"

"आपका घर भी वहीं है?"

एक क्षण के लिए वह रुके, मानो हल्की-सी झिझक महसूस कर रहे हों, "नहीं, मैं अपने घर से वापस लौट रहा हूँ।...किन्तु अब यह कहना काफ़ी मुश्किल है कि कौन-सा मेरा सही और स्थायी घर है—इंग्लैंड या बेल्ज़ियम!" उन्होंने हँसते हुए कहा।

मैं कुछ समझा नहीं और प्रश्न-भरी दृष्टि से उनकी ओर देखता रहा।

"वैसे पिछले छः वर्षों से बेल्ज़ियम में रह रहा हूँ। साल में एक बार लन्दन घरवालों से मिलने आ जाता हूँ। इस बार सेनेटोरियम के डॉक्टर आने नहीं देते थे। मैं ज़बरदस्ती ज़िद करके चला आया। अब सोचता हूँ, नहीं आना चाहिए था।" एक रूखी-सी हँसी और फिर उनकी नीली गहरी आँखें चुप धीरे-से मुँद गईं।

यूरोप आने पर मेरे मन में पिछले कई महीनों से जो ललक और ताज़गी उगती रही थी, न जाने क्यों वह मुझे उनके चेहरे की व्यथा और थकान के सम्मुख कुछ असंगत-सी लगने लगी।

फिर एक घनी-सी चुप्पी ने हमें घेर लिया। लगा, जैसे हम दोनों अपने-अपने मौन के दायरों में सिमट गए हैं। स्टीमर पर लोगों का कोलाहल बढ़ गया है।...बहुत-से यात्री, जो अब तक बार में बैठे थे, बियर के गिलास हाथों में लिये बाहर आ गए हैं। डेक के जँगले के पास एक छोटी-सी लड़की अपनी माँ की झिड़कियों के बावजूद नीचे झाँक रही है। बार-बार उसका रिबन हवा में फड़फड़ा उठता है।

लेकिन डेक पर हमारा कोना अब भी अलग है। वहाँ से केवल शाम की धूप में झिलमिलाते डोवर के भूरे, धुँधले ढूह दिखाई दे जाते हैं।

"आप इतनी दूर से यूरोप आए हैं...काफ़ी लम्बा अरसा ठहरेंगे?"

"जी, अभी कुछ भी पता नहीं," मैंने कहा।

"आपको शायद यह बात काफ़ी अजीब लगे, लेकिन मैं अक्सर सोचता हूँ, कैसे कुछ लोग अपने घर से हज़ारों मील चले जाते हैं। आपको यह जानकर काफ़ी आश्चर्य होगा कि मुझे कभी म्यूज़ियम्स या आर्ट-गैलरीज़ जाने का शौक़ नहीं हुआ। हर बार चैनल पार करते हुए लगता है, यह आख़िरी बार है, अब नहीं लौटूँगा, लेकिन ऐसा हो नहीं पाता...।"

उन्होंने अपना हाथ डेक की रेलिंग पर रख दिया। मुझे लगा, जैसे चैनल के नीले पानी में उनकी आँखें किसी भूले-बिसरे रहस्य की टोह में खो गई हैं।

"आप पहले प्राग जाएँगे, फिर?"

"प्राग में कुछ अरसा ठहरूँगा, उसके बाद का कार्यक्रम अभी बिलकुल अनिश्चित है," मैंने कहा।

कुछ देर तक वह ख़ामोश रहे। फिर जब बोले तो उनके स्वर में एक अजीब-सी दूरी थी।

"इट वुड बि ए स्ट्रेंज लैंड!"

"क्या प्राग?" मैंने पूछा।

"नहीं,"—वह कुछ रुके, फिर धीरे-से कहा, "आई मीन...इंडिया।"

क्षण-भर के लिए वह एक शब्द मेरी आत्मा में बिंध-सा गया।

समुद्र की अबाध, असीम गहनता की मानिन्द रहस्यमय यह शब्द जैसे अचानक भूली-भटकी स्मृति-सा मेरे पास चला आया है...इस शाम स्टीमर पर। क्या कभी इसे पहचान पाऊँगा? इस ज़िन्दगी में क्या कभी इस शब्द के मेरे लिए कोई मानी रहे हैं—ऐसे मानी, जो भ्रमों और पूर्वग्रहों से अलग सिर्फ़ मेरे लिए हों, जिन्हें मैंने खोजा हो...?

इंडिया...उस रोज़ स्टीमर पर शाम की भीगी, उजली धूप में वह शब्द मेरे लिए कितना अजनबी-सा हो आया था!

"स्ट्रेंज लैंड," उन्होंने फिर उस शब्द को धीरे-से दुहराया, मानो वे अपने-आपसे कुछ कह रहे हों।

"मैं बहुत घूमा नहीं हूँ। सेहत की लाचारी नहीं भी होती तो भी शायद कहीं नहीं जाता। कहीं भी जाने से जी घबराता है। इस लिहाज से आप भाग्यवान हैं। इतनी कम उम्र में आपने बहुत-कुछ देख लिया।

"उम्र कुछ ख़ास कम तो नहीं है," मैंने हँसते हुए कहा, "कभी-कभी सोचता हूँ, कम उम्र में यहाँ आ जाता तो बहुत-कुछ सीख सकता था।

इस बार उन्होंने रेलिंग से अपना चेहरा उठा लिया। उनकी आँखों में हल्का-सा विस्मय झाँक रहा था।

"आप सचमुच ऐसा सोचते हैं? क्या आपको कभी महसूस नहीं हुआ कि..." वह अचानक चुप हो गए।

पहली बार मुझे लगा, जैसे उनके शान्त निर्विकार चेहरे पर एक उद्भ्रान्त-सी छाया सिमट आई है।

"यूरोप की यात्रा करते क्या आपको कभी महसूस नहीं हुआ कि... देयर इज़ डेथ...डेथ इन एयर ऑल एराउंड?"

मैं स्तब्ध-सा बैठा रहा।

"कोई भी उसे नहीं देखता। हर साल हज़ारों टूरिस्ट आते हैं, आर्ट गैलरीज़, म्यूज़ियम्स, पुराने चर्च और कैथड्रल; वह सबकुछ जो बीत गया है, उन्हें आकर्षित करता है और उसे देखकर वे वापस लौट जाते हैं, लेकिन..."

उनकी आँखें अधमुँदी-सी हो आईं। अधूरा वाक्य कुछ देर तक ख़ामोशी में टँगा रहा।

"लेकिन...इसके परे भी एक यूरोप है, वह—जिसे कोई नहीं देखता, जो बहुत अकेला है, धीरे-धीरे मर रहा है।"

उन्होंने रिल्के की पुस्तक उठा ली और उसके भूरे-पुराने पन्नों को सहलाते हुए कहने लगे, "जिस सेनेटोरियम में मैं रहता हूँ, उसके सामने यहूदियों का सिनानोग है—मध्यकालीन गोथिक इमारत। पिछली लड़ाई में जब नाज़ियों ने बेल्ज़ियम पर कब्ज़ा किया, तो अन्य यहूदी धार्मिक स्थानों के संग इस सिनानोग को भी जला डाला था—किन्तु पूरा नहीं, उसका एक हिस्सा अब भी साबुत खड़ा है। टूटी इमारत के पास पुरानी ईंटों और पत्थरों का ढेर लगा है, जो नाज़ी सैनिक निशानी के तौर पर पीछे छोड़ गए थे। जब कभी मैं अपने कमरे की खिड़की के बाहर देखता हूँ तो अनायास मेरी दृष्टि उस ओर चली जाती है। सदियों पुराने पत्थर...कभी-कभी रात के समय वह टूटी, नंगी इमारत काफ़ी भयावह-सी दिखती है। शायद मैं उस कमरे में बरसों से अकेला रह रहा हूँ, इसीलिए मुझे ऐसा महसूस होता है, किन्तु कभी-कभी सोचता हूँ, यह सिर्फ़ मेरा ही अकेलापन नहीं है।...वह टूटा सिनानोग और उसके जले, पुराने पत्थर, मानो वह किसी चीज़ का संकेत हो! कैसा संकेत, यह मैं आज भी ठीक-ठीक नहीं समझ पाता।"

वह चुप हो गए। उनके चेहरे पर एक टूटी-सी थकान उभर आई थी। मैं उनसे बहुत-कुछ पूछना चाहता था, किन्तु शाम की उस नीरव घड़ी में उनका मौन कुछ इतना निजी और व्यक्तिगत-सा हो आया कि कुछ भी कहना निरर्थक जान पड़ा।

डेक की कुर्सियाँ धीरे-धीरे भरने लगी थीं। स्टैंड पहुँचने में अब ज़्यादा देर नहीं थी। समुद्र जो दिन-भर अधीर-आतुर स्वर में चीत्कार करता रहा था, अब किंचित् शान्त हो गया था, मानो घिरती शाम के सन्नाटे ने उसे भी छू लिया हो! पीछे इंगलैंड का तट नीली-सी धुंध में खो गया था, केवल चट्टानों की धूमिल छाया कभी-कभी शाम की मिटती धूप में उघड़ आती थी।

स्टैंड के परे हम, स्टीमर के सब यात्री, यूरोप के अलग-अलग सुदूर कोनों में खो जाएँगे। उनके संग बहुत-कुछ खो जाएगा—चैनल की

यह शाम, समुद्र की अबाध, रहस्यमय शून्यता, उनकी निस्पन्द आँखों का मौन। शाम की उस नीरव घड़ी में, न जाने क्यों, एक अजीब-सा प्रश्न मन में कौंध गया। मैं अपने देश से हज़ारों मील दूर, यहाँ क्यों चला आया हूँ? मेरे लिए यूरोप के क्या अर्थ रहे हैं? क्या यूरोप मेरे लिए महज़ अपने से बचाव का ही साधन रहा है—उन सब विवशताओं से पलायन, जो सोते-जागते भुतैली छाया-सी मुझ पर मँडराती रहती थीं, या उससे कुछ अधिक? एक शब्द बार-बार ध्यान में आता है—अन्तर्ज्ञान! शब्द बहुत पुराना है...सिनानोग के टूटे, सूने पत्थर-सा। जितना वह बड़ा है, उसके सामने अपने को उतना ही छोटा पाता हूँ। किन्तु महीनों पहले यह शब्द इतना भारी नहीं लगा था...।

तीन दिन भूखा-प्यासा रहकर वियना की सड़कों पर भटकते रहने के बाद, जब रात को होटल के कमरे में आया था, तो लगा था, जैसे भीतर की हर दूरी बहुत पास, बहुत आत्मीय-सी हो आई है, सिर्फ़ एक डर रह गया है—डर, जो अपने में अपना ही आलोक समेटे है। वियना की उरा रात लगा था, जैसे मैं गड्ढे के बहुत नीचे हूँ, जिसके नीचे और जाना नहीं होता। तब उन लमहों में, होटल के तंग, सीलन-भरे, अकेले कमरे में यूरोप का अर्थ धीरे-धीरे जोड़ पाया था—टेरर—टेरर ऑफ़ एनलाइटनमेंट—ऐसा भय, जिसमें मृत्यु और मुक्ति, दोनों ही समाहित हैं...।

वियना की वह रात अब बहुत दूर लगती है। उसके संग बहुत-कुछ दूर हो गया है। अब मैं वापस यूरोप लौट रहा हूँ...बीच में चैनल का समुद्र है और दूर सागर के पार 'सी-गल्फ़' का झुंड उड़ा जाता है—डोवर से परे यूरोप के आकाश पर।

स्टीमर की गति धीमी होती जा रही है। सामने स्टैंड, शहर की जगमगाती बत्तियों के परे रात—यूरोप की एक रात बहुत दूर तक फैल गई है।

यह भी एक शुरुआत है।

कुत्ते की मौत

फिर यह भी एक रात है। घर के हर प्राणी के कान ऊपर लगे हैं। एक टूटती, मरमराती-सी चीख़ सुनाई देती है। घर का सन्नाटा सिहर जाता है केवल पल-भर के लिए। फिर सब पहले-सा शान्त हो जाता है।

ऊपर कमरा नहीं था। सिर्फ़ एक छोटी-सी बरसाती थी, जिसे सब लोग 'नितिन भाई का कमरा' कहते थे। जब नितिन भाई वहाँ न होते—और अक्सर ऐसा होता—तो मुन्नी उसे अपनी गोद में उठाकर भीतर चली आती। दो महीने पहले नन्हे भाई उसे अपनी साइकिल की टोकरी में लाए थे। तब वह बहुत छोटी और हल्की थी, जैसे सफ़ेद ऊन का गोला हो! सिर्फ़ आँखों के पास भूरे बाल थे और एक काली बिन्दी, जैसे किसी ने काजल का टिमकना लगाया हो!

नाम दे रखा था लूसी। बाबू हँसकर कहते, "मुन्नी, तू पागल है। भला कुत्तों का कहीं ऐसा नाम होता है? कौन समझाए भला? सनक जो है!"

नन्हे भाई को वह कहाँ, कैसे मिल गया, यह आज भी रहस्य बना है। किसी ने उनसे पूछा भी नहीं। वैसे उनसे कभी कोई कुछ पूछता हो—दिन-भर कहाँ रहते हैं, क्या करते हैं, याद नहीं आता।

पहले, बहुत शुरू में, बाबू थोड़ा-बहुत बुड़बुड़ाते थे। तब नन्हे बाहर चले जाते थे—बिना किसी से कुछ कहे-सुने। रात हो जाती और छत पर उनका पलंग ख़ाली रहता। अम्मा बार-बार उठकर दरवाज़े पर आहट सुनतीं। और लूसी...उसे जैसे भनक पड़ जाती। दरवाज़े के पास लेटी रहती, सीढ़ियों पर। मुन्नी बुलाती तो हलके-से पूँछ हिला देती, लेकिन वापस फिर भी नहीं आती।

गई रात जब नन्हे लौटते, तो देर तक लूसी पिछले पंजों पर खड़ी होकर उनसे लिपटी रहती। सब जान जाते, नन्हे लौट आए हैं। बाबू साँस खींचकर करवट लेते। नितिन भाई बिस्तर पर लेटे-लेटे सिगरेट जलाते। रसोई में नल खुलने की आवाज़ आती। सब जान जाते, नन्हे खाने के लिए बैठे हैं।

लूसी बोरी पर सो जाती—निश्चिन्त।

न, पहले वह बोरे पर नहीं लेटती थी। मुन्नी के बिस्तर पर चढ़ने के लिए छटपटाती रहती। किन्तु मुन्नी के अपने क़ायदे-क़ानून हैं। दिन-भर लूसी इधर, लूसी उधर। वह लूसी की छाया है या लूसी उसकी, कहना मुश्किल है। किन्तु रात को उसे मुन्नी के बिस्तर पर आने की कड़ी मनाही है। 'लूसी, देख, तेरा यह बिस्तर है' (मुन्नी बोरे की ओर इशारा करती) 'और मेरा वह। तू अपने बिस्तर पर सोएगी और मैं अपने पर।' इतना सहज, न्यायसंगत तर्क नहीं समझ पाती लूसी, यही आश्चर्य है। दिन-भर की थकी-माँदी मुन्नी सो जाती और लूसी अगले पंजे उसके बिस्तर पर टिकाकर देर तक बिलखती रहती।

फिर एक ऐसे ही दिन नितिन भाई दबे क़दमों से उसके पास आए थे। उन्होंने उसे अपने पास बुलाया था। 'बोरा चुभता है, लूसी! क्यों?'

टकटकी लगाए लूसी देखती रही। आँसू? न, सिर्फ़ अपने की पहचान—एक स्पर्श और गन्ध के बीच की आर्द्रता, जो आदमी के अलावा हर प्राणी में होती है और आदमी जिसे नहीं पहचान पाता।

नीचे से एक पुरानी गद्दी उठा लाए नितिन भाई। साफ़ किया, फिर क़रीने से उसे बोरे पर बिछाया और तब लूसी को उस पर लिटा दिया। दूसरे ही क्षण लूसी फिर उछलकर गद्दी से उतर आई।

न, वह ऐसे नहीं लेटेगी। इस बार नितिन ने चारों ओर देखा। कोई स्वर नहीं। सिर्फ़ दूर किसी छत से कीर्तन-करतालों की गूँज तिर आती है। सोई, थकी-सी आवाज़ें। एक छत से दूसरी छत पर उड़ती है एक गुनगुनी-सी गूँज, गीले कोयलों के धुएँ की मानिन्द। बीच-बीच में हारमोनियम...। आश्वस्त होकर चप्पल उतारी। लूसी को गोद में लेकर स्वयं गद्दे पर लेट गए नितिन भाई। देर तक उसके माथे पर हाथ फेरते रहे। लूसी के माथे पर हाथ फेरो, तो उसे बड़ा धीरज मिलता है। आँखें मुँद जाती हैं।

और बाल काँपते हैं, हर साँस के संग।

चप्पल हाथ में लिये नितिन भाई उठते हैं। अपने बिस्तर के पास आकर ठिठक जाते हैं—किसी ने नहीं देखा। नहीं, शायद किसी ने नहीं देखा। वह अब सो गई थी—लूसी। और उन्हें कुछ अजीब-सा लगा कि अब वे एकदम ख़ाली हैं। सिर्फ़ सोना शेष है। वह इतनी जल्दी सो जाएगी, उन्होंने नहीं सोचा था। और अब?

उन्होंने एक और सिगरेट जलाई।

सबकुछ चुपचाप देखते हैं नन्हे। जुलाई की नरम रात में जुगनू-सी चमकती है नितिन भाई की सिगरेट। क्या कभी कोई जान पाया है नितिन भाई के भीतर को? न जाने अकेले में लूसी से क्या-कुछ कहते हैं!

हवा चलती है छत पर। चादरें फड़फड़ाती हैं। नन्हे और भी कसकर चादर को अपने इर्द-गिर्द समेट लेते हैं, फिर पलंग पर अपनी

देह बिलकुल सीधी कर लेते हैं। पैताने पर सिर्फ़ दो पाँव ऊपर उठे रहते हैं, जैसे किसी ने दो ईंटें उलटी खड़ी कर दी हों! चादर के भीतर लगता है, जैसे ये पाँव उनके अपने न हों! सफ़ेद चादर में अपनी देह को देखते हैं नन्हे—साँस रोके।

एक दबी-सी सुबकी खिंच आती है। न जाने सपने में मुन्नी क्या देखती है!

न, सपना नहीं है...हड़बड़ाकर उठ बैठते हैं बाबू। सिर्फ़ लेटे थे और नींद घिर आई। शुरू रात की नींद टूटती है तो लगता है, जैसे कोई बीच की सीढ़ी न देख पाए हों...एकदम अप्रत्याशित-सा झटका लगता है। हाथ अनायास उठ आते हैं पास रखी तिपाई पर। सोने से पहले की अलग, सोने के बाद की अलग, दवाई की हर शीशी चुनकर तरतीबवार रखी है—तिपाई पर, रेडियो पर, पलंग के नीचे। शीशियाँ, जैसे शतरंज के मुहरे हों...कोई-न-कोई कभी ज़रूर कारगर साबित होगी—आज नहीं तो कल, कल नहीं तो आनेवाले किसी भी दिन...।

आनेवाले दिन। अँधेरे में टटोलकर बाबू ने टेबल-लैम्प जलाया। वहाँ अब कोई नहीं था। सिर्फ़ एक सरसराहट थी—खिड़की का पर्दा हवा में डोलता हुआ सुराही को छू लेता था; ढक लेता था उस मौन को जो दो साँसों के बीच सिमट आता था। अब उन्हें कोई नहीं देख रहा। दबे क़दमों से अलमारी के पास आए। सबसे नीची दराज़ में वह रखा था—रजिस्टर। बहुत पुराना और ज़र्द : दस वर्ष पहले, जब रिटायर हुए थे, इसे ख़रीदा था। अँगुलियाँ फिरती हैं एक-एक पन्ने पर। जब रिटायर हुए थे, तो नन्हे ने बी.ए. किया था (सबकुछ दर्ज़ है रजिस्टर में)। तब नौकरी कर लेते, तो आज...लेकिन...वैसे देखो तो हमारे नन्हे सबसे अलग हैं। दो पन्नों के बीच आँखें थिर रह जाती हैं...नितिन, नन्हे और मुन्नी की जन्मतिथियाँ। कौन-से दिन वे रिटायर हुए। किस दिन मकान ख़रीदा। नितिन की नौकरी। किस वर्ष और किस डिवीज़न में नन्हे ने बी.ए. पास किया।

(अख़बार का वह पन्ना आज भी रजिस्टर में रखा है, जिसमें नन्हे का रिज़ल्ट निकला था और नन्हे के नाम के नीचे पेंसिल की रेखा खींची गई है।)

और तब आँखें सहसा टिक जाती हैं...16 जुलाई...लूसी, जिसे दो महीने पहले नन्हे अपनी साइकिल की टोकरी में लाए थे, आज शाम से बीमार है। बार-बार उल्टी करती है। पीड़ा असह्य है। जान पड़ता है, सुबह तक नहीं बचेगी।

बस, इतना ही...। फिर उन्होंने नींद की गोलियाँ पानी के संग निगल लीं। उन्हें कैसे मालूम, नींद की सीमा पर एक अजीब-सा विचार एक ज़िद्दी मक्खी-सा भिनभिनाता रहा? उन्हें कैसे मालूम कि पीड़ा असह्य है? एक हल्का-सा झटका लगता है, जैसे कोई फुसफुसाता हुआ उनके कानों में कह रहा हो—'बच नहीं सकेगी।'

आदमी 'बचता' कैसे है?

मक्खी उड़ाने के लिए बाबू हाथ उठाते हैं...और उठा रहता है हाथ हवा में—काँपता हुआ, जैसे ऊपर बरसाती से आनेवाली चीख़ लूसी की न हो, जैसे...।

और आँखें मुंद जाती हैं अगली चीख़ की प्रतीक्षा में।

जुलाई की रात। दूसरी छत, फिर तीसरी...छतों के परे शहर की हवा। कीर्तन के उनींदे स्वर। बीच-बीच में हारमोनियम। एक दबी सुरीली-सी आवाज़...। नितिन ऊँघते हुए चौंक जाते हैं। सब आवाज़ों से अलग। पसीने और शर्म में भीगी। हारमोनियम जब ऊँचा उठता है, तो वह दब-सी जाती है। लेकिन ध्यान से सुनो, तो पूरी नहीं दबती, पत्थरों के नीचे दबी तितली-सी फड़फड़ाती रहती है। शहर के अन्तिम छोर पर, जहाँ पुरानी दीवार है और छाया है उड़ती चीलों के पंखों की...यहीं, इसी जगह (मुगल बादशाह की दीवार से घिरी हुई) मुन्नी लेट जाती थी और लूसी उसके चारों ओर चक्कर काटती रहती थी, जैसे पहरा दे रही हो...!

लूसी का दिल धक-धक धड़कता है—मुन्नी की छाती से टकराता हुआ—और मुन्नी को अजीब-सी गुदगुदी महसूस होती है। लूसी की ज़ुबान, लालपान के पत्ते-सी, मुँह के एक तरफ़ लुढ़क आती है और थूक की एक-एक बूँद नीचे टपकती जाती है—कभी मुन्नी की फ्रॉक पर, कभी नंगे फ़र्श पर।

हवा चलती है छत पर। सब साँसों को समेट ले जाती है—नितिन भाई की अलग, अम्मा की अलग। किन्तु नन्हे?

देखो, नन्हे चादर अपने इर्द-गिर्द लपेट लेते हैं। पैताने पर दो पाँव ऊपर उठे रहते हैं। ख़ुद अपने को सफ़ेद चादर में लिपटे हुए देखना... साँस रुक जाती है...। देखो, एक दिन इसी तरह...।

और तब अचानक वह चीख़ सुनाई दी थी। अँतड़ियों को फाड़ती हुई भर्राहट, फिर चुनचुनाता-सा दर्द, दर्द को काटती एक साँस, साँस पर उमड़ती हुई एक निहायत बेचैन सिसकी और सिसकी को रास्ते में ही तोड़ती वह चीख़...(एक नन्ही-सी चीख़ का कितना लम्बा इतिहास)!

अम्मा से और नहीं लेटा गया। बरसाती की देहरी पर आकर सहसा ठिठक गईं। लूसी को छाती से चिपकाकर मुन्नी छत की ओर ताक रही है—विस्फारित आँखों से। तनिक भी हिल नहीं पाती मुन्नी। ज़रा-सी भी करवट लेती है, तो एक फटी-फटी-सी कराहट लूसी की देह को मरोड़ती हुई ऊपर उठ आती है। लूसी की देह में यह पीड़ा (क्या पीड़ा है, मुन्नी तय नहीं कर पाती...) किस छोर से शुरू होती है, किस छोर पर जाकर ख़त्म हो जाती है, कोई भी नहीं जान पाता।

"देख मुन्नी, इस तरह जी हल्का करने से क्या बनेगा? तू इसे इस तरह छाती से चिपकाए रहेगी, तो क्या इसकी तबीयत सुधर जाएगी?" अम्मा कहती हैं, मुन्नी सुन लेती है। फिर ये चीख़ें, जो इतनी भयंकर नहीं; भयंकर है दो अलग-अलग चीख़ों के बीच काँपता, सहमा-सा सन्नाटा।

मुन्नी की आँखों में एक गूँगा प्रश्न सिमट आता है—इसका क्या होगा? यह, जो...(और मुन्नी देखती है, अम्मा के चेहरे को खोजते हुए एक ऐसे शब्द को, जिसे सब जानते हैं, लेकिन जो मुन्नी के लिए अभी तक अँधेरे में छिपा है...।)

इसका क्या होगा?

कितनी बार यह प्रश्न उठा है माँ के मन में। आज तक अपने को बचाती चली आई हैं, जैसे कोई कीचड़ के गड्ढे को देखकर कपड़े बचाकर किनारे से निकल जाए। लेकिन आज जब मुन्नी उन्हें इस तरह देखती है, तो वे सामना नहीं कर पातीं।

वैसे तो बात कुछ भी नहीं। यह छोटी उम्र का पहला-पहला दुःख है, ज़्यादा देर नहीं रहेगा। देहरी से हटकर अम्मा छत पर चली आती हैं।

छोटी उम्र का दुःख। आँखों के आगे गर्मी का भरा-भरा-सा आकाश फैलता जाता है। यह तो कुछ भी नहीं है, मुन्नी...देखो तो, कुछ भी नहीं। आगे चलकर जब उम्र बढ़ जाती है, तब...कितनी मुद्दत बीत गई है, जब पहले-पहल घर छोड़ा था...एक अजनबी के संग, जो आज उनके बच्चों के पिता हैं। ('वे' नीचे लेटे हैं, अब वे रात को 'उनके' कमरे में नहीं जातीं...वे उनके बच्चों के पिता हैं, यह वे जानती हैं, लेकिन पूरा विश्वास आज भी नहीं हो पाता।) लोग कहते थे, धीरे-धीरे पराये शहर, पराये घर में जी लग जाता है। लग जाता होगा...लेकिन वे तो लम्बे अरसे तक ग़ुसलख़ाने में घंटों छिपी रहा करती थीं। 'वे' दरवाज़ा खटखटाते थे, और वे बेहोश-सी पाइप की खुली धार के नीचे लेटी रहती थीं...। देह नीली पड़ जाती थी...। तब नितिन पेट में था...। आज बरसों बाद भी जब वे नितिन को देखती हैं, तो न जाने क्यों पाइप की धार की झुरझुरी देह में सिमट आती है...!

सिर्फ़ इसी कारण? और नितिन का चौंककर आधी रात को उठ जाना? लूसी के बोरे पर लेटकर धीरे-धीरे बुड़बुड़ाते जाना...यह क्या कुछ नहीं?

लगता है, उन्होंने नितिन के संग कोई गहरा अपराध किया है...ऐसा अपराध, जिसे नितिन ख़ुद नहीं जानता (बहुत पहले चर्चा होती थी नितिन के ब्याह की...अब कोई भूलकर भी इशारा नहीं करता)। कभी नितिन उनका बच्चा रहा होगा, पलंग पर उनकी देह से सिमटकर लेटा होगा, इस ख़याल से ही माँ को झुरझुरी-सी आती है। (शर्म? न, शर्म हो भी तो भी क्या कोई माँ स्वीकार करेगी?)

अम्मा उसके बचपन का चेहरा याद करती हैं, तो...बहुत कोशिश करने के बावजूद...तो भी याद नहीं आता। रह-रहकर सिर्फ़ वही चेहरा याद आता है, जो उसका आज है, जैसे नितिन की यही उम्र चिरन्तन हो!

और अम्मा छाया की तरह घूमती हैं छत पर। एक छोटा-सा दायरा है आलोक का, जो सड़क के लैम्प-पोस्ट से कटकर यहाँ आ पड़ा है। मुन्नी की निगाह स्थिर है इस दायरे पर, जैसे उसका लूसी की पीड़ा से कोई अज्ञात सम्बन्ध रहा हो और कोई चुपके से सबकी आँख बचाकर उसे यहाँ छोड़ गया हो और अब वह किसी का नहीं है—एक खोई हुई रोशनी का ढेर या महज़ एक अन्तराल, जिसे लूसी की चीख़ किनारे पर फेंककर पीछे मुड़ गई है और वह वहाँ पड़ा रहेगा, जब तक दूसरी चीख़ फिर उमड़कर उसे अपने में नहीं डुबो लेती...।

अम्मा की छाया...नन्हे ने अपनी मुट्ठियाँ खोल दीं और साँस ली, जैसे उसकी साँस मुट्ठियों में बन्द थी और अब सहसा वह मुक्त हो गई हो! चादर ऊपर खिंच आई। उसने देखा पैताने पर उठे अपने दो पैरों को। अम्मा की छाया का एक भाग पैरों पर गिरता है और वे सिहर जाते हैं, जैसे ख़ुद अम्मा अपने हाथों से उन्हें छू रही हों!...तो क्या वह पकड़ सकता है...उस एक ख़ास बिन्दु पर, जहाँ वह कह सके, यह मैं हूँ, ये अम्मा हैं और यह वह सम्बन्ध है, जहाँ बरसों की घृणा एक बहुत पुराने मोह से जकड़ी है...जकड़ी है, अलग नहीं हो पाती?

लूसी क्या कभी चुप नहीं होगी? नन्हे करवट बदलते हैं। एक बार (कौन-सी रात, कौन-सा महीना? लूसी की कराहती चीख़ जैसे स्मृति को बहुत दूर धकेल ले गई है), एक बार कोशिश की थी नन्हे ने अपने को अलग करने की। 'मेरी उम्र ज़्यादा नहीं है, मैं चाहूँ तो निकल सकता हूँ।' कपड़ों को पोटली में बाँधा था। कुछ कमीज़ें, दो पैंट, एक कम्बल, अपनी चन्द किताबें और एक टूथ ब्रश। अपने को छोड़कर—यहीं इस बिस्तर पर—सफ़ेद चादर के नीचे, जहाँ वह लेटा है, वह धीमे क़दमों से सीढ़ियाँ उतर गया था। वह नीचे उतरकर गली के पार चला आया था। और फिर दूसरी गली और उसके परे बड़ी सड़क, जहाँ से मुग़ल बादशाह की दीवार दिखाई देती है। कितना आसान था यह...यानी एक बार भी पीछे मुड़कर देखे बिना घर छोड़ देना...बाहर आ जाना। 'हाँ, देखो...(नन्हे अपने से ही कहते हैं) मेरे जीवन की सबसे महत्त्वपूर्ण घटना कितनी आसानी से घट गई!—'बाहर,' अँधेरी सड़क पर, मकानों की दो कतारों के बीच।'

'नहीं...घटी नहीं, घटनेवाली थी, और तुमने उसे रोक दिया...। नन्हे, तुम्हें याद है, वह जब तुम...' बाबू की भयत्रस्त आँखें खुली रहीं। नींद की गोलियों की धुंध सहसा छितरा गई थी और एक क्षण के लिए उन्हें अजीब-सा भ्रम हुआ, जैसे ऊपर बरसाती से आनेवाली चीख़ लूसी की न होकर ख़ुद उनकी है, ख़ुद उनके भीतर से निकली है...।

'शायद कल तक बच नहीं सकेगी'...जैसे कोई गिलगिली-सी चीज़ फूत्कारती हुई उनकी देह के आर-पार निकल गई हो...लेकिन याद आता है, ये शब्द उनके अपने ही हैं, यानी अभी कुछ देर पहले उन्होंने ख़ुद अपने हाथों से अपने खाते में दर्ज किये हैं। इससे शान्ति मिलती है किन्तु इन शब्दों में एक अनोखी, भयानक-सी पहचान है। एक कमरा और वे...और अपनी देह की गन्ध। तीन साल पहले...ठीक-ठीक दिन और महीना आज याद नहीं, लेकिन खाते में सबकुछ दर्ज है।

उन दिनों की छोटी-से-छोटी तफ़सील। सबकुछ बाद में लिखा था—नन्हे और नितिन को पास बिठाकर। उन्हें तो पता भी नहीं चला था कि कब, कौन उन्हें अस्पताल ले आया था। जब होश में आए, तो वे थे और एक अजनबी कमरे की खिड़की, जिसके परे रेल की लाइन दिखाई देती थी। हाँ...रेल की लाइन, यह उन्हें आज भी अच्छी तरह याद है। और बर्फ़-सा जमा समय...रात और दिन...(कितने बरसों बाद उन्होंने शाम के अँधेरे को रफ़्ता-रफ़्ता घिरते देखा था) टप-टप पिघलती चेतना, जिसके नीचे वे औंधे पड़े थे...।

पीड़ा? मृत्यु का डर? नहीं...शायद यह नहीं। 'आपको तो होश नहीं रहा (उनकी पत्नी कहती है), नन्हे और नितिन ने आपको गोद में उठाकर सीढ़ियों से नीचे उतारा था।'

लोग बीमारी की चर्चा करते हैं...और उसके बारे में कोई कुछ नहीं कहता, जो उन्होंने उस शाम अस्पताल की खिड़की के बाहर देखा था—तीन दिन की बेहोशी के बाद...झाड़ियों के झुरमुट में रेल की लाइन और हवा बिलकुल बन्द थी और कमरे में वे अकेले थे और तब...।

तब क्या? कितनी बार उन्होंने अपने खाते में उस 'तब' के बाद ख़ाली जगह में लिखने की कोशिश की है, जैसे यह बहुत ही महत्त्वपूर्ण है, जैसे उस ख़ाली जगह में एक शब्द लिखने मात्र से वे इस चीज़ का अर्थ समझ लेंगे, जिसे उनकी समूची ज़िन्दगी उस शाम अस्पताल के कमरे में घसीट ले आई थी...किन्तु जब भी कोशिश करते हैं, रह-रहकर एक ही चीज़ सामने आ जाती है...'नन्हे और नितिन मुझे उठाकर सीढ़ियों के नीचे ले आए थे (गोद में उठाकर) वे...और मुझे पता भी नहीं चला।'

'बहुत कम लोग बच पाते हैं...। आपके 'फ़ादर' बहुत भाग्यशाली हैं, जो...जो (और डॉक्टर समझ नहीं पाया, आगे क्या कहे) जो वापस लौट आए हैं...!' उसने शालीनतापूर्वक कहा।

बाबू आँखें मूँद लेते हैं। खिड़की से हल्की-सी चाँदनी आती है। सुराही पर रखा शीशे का गिलास चमकता है और दवा की शीशियाँ और सुनहरी फ्रेम में जड़ा प्रशंसा-पत्र, जो रिटायर होने के अवसर पर उनके सहयोगियों ने उन्हें भेंट किया था...चाँदनी की भूरी रेत सब पर बराबर-बराबर बिछ गई है।

'मैं लौट आया था। लेकिन कहाँ से? किस सीमा पर जाकर?

'एक अत्यन्त विस्मयकारी और चमत्कारपूर्ण चीज़ को छूकर...जो 'बाहर' है...मैं वापस चला आया। जिस घर में मैं बरसों से रहा था, उसे छोड़ते हुए ज़रा भी पश्चात्ताप नहीं, तनिक भी पीड़ा नहीं।' और उस रात उसे यही चीज़ सबसे अधिक भयावह जान पड़ी थी। वह छुटकारा नहीं था, न वह मुक्ति थी। वह कुछ भी नहीं था। और तब नन्हे को पहली बार हाथ की पोटली निरर्थक जान पड़ी थी। लगा, जैसे अँधेरी सड़क पर इस तरह खड़ा रहना काफ़ी हास्यास्पद है (बिलकुल वैसे ही, जैसे आत्महत्या करने से पहले—ऐन एक क्षण पहले—किसी व्यक्ति को अपनी शक्ल आईने में दिखाई दे जाए और वह अचानक हँस पड़े)।

वापस लौटते हुए एक अजीब बेढंगा-सा विचार आया था। बरसों पहले...जब वे छोटे थे, तो सोचा था, 'एक बार हुआ तो रोम जाएँगे।' शायद किसी एटलस में कोलोसियस के खँडहरों की तसवीर देखी थी...।

चाँदनी में छत की बरसाती का कोना...। समूचा घर सन्नाटे में लिपटा है। नितिन भाई की छाया दीवार पर सरकती है और फिर स्तब्ध-सी ठिठकी रह जाती है। 'मुन्नी...!' नितिन भाई फुसफुसाते हैं, 'मुन्नी, देखो, मैं हूँ...।'

किन्तु देर तक कोई स्वर सुनाई नहीं दिया। फिर अचानक झटके से कोई चीज़ लूसी की अन्तिम साँस से छूटकर बाहर आ गई...वह... जिसे लोग पीड़ा कहते हैं और अब जो ख़ालीपन था—लूसी की चीख़ों से मुक्त, खुला, अबाध और गन्धहीन।

क्या यही...? नितिन आगे नहीं सोच पाए। घर...समूचा परिवार एक बोझिल नींद में डूबा था...और मैं? मैं जो इस परिवार में सबसे पहले आया...आख़िर तक यहीं बना रहूँगा; नितिन भाई के घुटने नीचे झुक आए...। एक दिन नन्हे चले जाएँगे और इस बार वापस नहीं लौटेंगे...और मुन्नी? नितिन के मन में एक ज़बरदस्त इच्छा उठती है कि वे मुन्नी का हाथ पकड़ लें, लूसी की निर्जीव लोथ से, जो उसकी देह से चिपटी है, अलग कर दें; एक ऐसे कोने में खींच लें, जो उनके लम्बे अटपटे जीवन से बाहर हो...और नितिन भाई बेतहाशा खोजते हैं... शुरू से आख़िर तक...क्या आज उनमें कहीं भी ऐसा कोना शेष रहा है?

और मुन्नी का हाथ पड़ा रहता है...थोड़ा खुला-सा, पसीने और लूसी की गिलगिली गरमाहट में लथपथ। किन्तु उसकी आँख अब भी थिर है—आलोक के उस दायरे पर, जो गली के लैम्प-पोस्ट से टूटकर घर की छत पर आ पड़ा था, एक अपूर्ण रहस्य की आतुर कातरता में भीगा।

छत पर हवा चलती है। चादरें फड़फड़ाती हैं...देर तक बरसाती के कोने से राटी एक छाया चाँदनी में बार-बार डोल जाती है, 'मुन्नी, देख, यह मैं हूँ।'

पहाड़

"क्या इस बार हम पहाड़ों पर जाएँगे?"

हर रात सोने से पहले वह एक ही प्रश्न पूछता था। माँ की आँखें खिड़की के बाहर अँधेरे पर टिक जातीं। पिता की पेंसिल (वे आर्किटेक्ट थे) काग़ज़ पर घूमती हुई क्षण-भर के लिए एक जगह ठिठककर... फिर घूमने लगती।

दोनों ही शुरू में अनिश्चित थे। हर पतझड़ के संग पूरा एक बरस निकल जाता। समय के बीतने के संग वह बड़ा होता गया था। पिता अभी युवा थे और माँ...वह अब भी अपने पति को चाहती थी।

मुझे सुखी दम्पती देखने अच्छे लगते हैं और जब वे एक-दूसरे को चाहते भी हों, तो वह एक रहस्यमय चमत्कार-सा लगता है।

दोनों की पुरानी स्मृतियाँ थीं—और ऐसी नहीं कि एक की अलग और दूसरे की अलग, बल्कि एक-दूसरे पर टिकी हुई...ताश के घर की तरह, जिसमें एक पत्ता दूसरे से जुड़कर ही खड़ा रह पाता है।

समय के संग एक-एक पत्ता जुड़ता गया था और अब वे एक-दूसरे के संग इस तरह घुल-मिल गए थे कि यह कहना मुश्किल था कि कौन-सा पत्ता किसका है, या शुरू में किसका था। फिर वह बच्चा भी था।

अक्सर होता यह है कि बच्चे के आने पर पति-पत्नी अनायास एक-दूसरे के प्रति कुछ थोड़ा-सा विरक्त हो जाते हैं; चाहते हैं एक-दूसरे को, लेकिन बच्चे के माध्यम से...और यह शुरुआत होती है, अन्त होने की।

किन्तु इस दम्पती के संग ऐसा कुछ नहीं हुआ। वह बड़ा होता गया था—दोनों के बीच नहीं, बल्कि अपने में अलग। जब वे उसकी ओर देखते तो उन्हें हल्का-सा आश्चर्य होता। उसका चेहरा एल्बम में लगा पुराना फोटो-सा जान पड़ता, जब वे ख़ुद बहुत छोटे थे और एक-दूसरे को नहीं जानते थे। उन्हें यह चीज़ बहुत विस्मयकारी-सी जान पड़ती कि कभी ऐसा समय भी रहा होगा, जब उनकी स्मृतियाँ एक-दूसरे को लेकर नहीं बनी थीं...और वे एक-दूसरे से पृथक् अपने में अलग-अलग जी रहे थे। उन्हें यह असम्भव लगता और वे इस पर अधिक ध्यान नहीं देते थे। उन्हें उन स्मृतियों से ही सन्तोष था, जो उनकी अपनी थीं... उनके बाहर जो कुछ था, वह बाहर था। उसमें झाँकने की उनमें कोई लालसा नहीं थी।

इन स्मृतियों में एक ख़ास जगह बना ली थी—पहाड़ों ने!

हर रात सोने से पहले बच्चा उनसे पूछता था, "क्या इस साल हम वहाँ जाएँगे?"

वे उसे समझाने की कोशिश करते और बच्चे की आँखें विस्मय से खुली रहतीं।

ऐसे ही एक के बाद एक वर्ष गुज़रता गया था। फिर एक साल अक्तूबर के महीने में, जब पत्ते झरने लगते हैं...वे यहाँ आए थे। दोनों को यह पहाड़ी स्टेशन बहुत प्रिय था। विवाह के बाद कुछ दिनों के लिए वे यहाँ आए थे...रिज की बेंच, लोअर बाज़ार जानेवाली पगडंडी,

पुराने चर्चयार्ड का कोना, जहाँ वे अक्सर बैठते थे...होटल पुराना परिचित था, उन दिनों बहुत-से कमरे ख़ाली पड़े थे, शायद पतझड़ के कारण बहुत कम टूरिस्ट वहाँ आए थे। सौभाग्यवश उन्हें वह कमरा भी मिल गया था, जहाँ अरसा पहले उन्होंने अपनी सुखद रातें एक साथ गुज़ारी थीं।

यात्रा की थकान के कारण वे उस दिन होटल के कमरे में ही रहे थे। बच्चा सोता रहा था। दोनों बेसुध-से लेटे रहे थे—एक-दूसरे की बाँहों में। पति बार-बार उसके होंठों, उसकी आँखों, उसके बालों को चूमता हुआ कहता था, "आख़िर हम आ गए हैं।"

बाहर पतझड़ का हरा आलोक था और भुरभुराए पत्तों की बोझिल गन्ध, जो हवा में ठहर गई थी।

बच्चा जो जाग गया था, चुपचाप अपने माता-पिता को देख रहा था। उसकी आँखें बहुत बड़ी और गहरी थीं और जैसा कि कुछ बच्चों में होता है—उन आँखों का समूची देह से कोई सम्बन्ध नहीं जान पड़ता था।

"तुम जाग गए?" माँ ने पास आकर उसके माथे पर हाथ रख दिया...और वह अपलक देख रहा था, जैसे उसकी माँ एक गुड़िया हो।

"क्या आज हम जाएँगे?" उसने शान्त स्वर में पूछा।

"कहाँ?"

"पहाड़ों पर?"

"पागल! हम आ तो गए। तुमने बाहर देखा नहीं...वे यहाँ हर जगह हैं।"

बच्चा गुमसुम-सा बारी-बारी अपने माता-पिता को देखता रहा।

"आज शाम ऊपर रिज की तरफ़ जाएँगे, वहाँ से तुम उन्हें देख सकोगे।"

अँधेरा होने से पहले वे ऊपर चढ़े। बच्चे ने गोद में आने से इनकार कर दिया था। वह उनके संग पैदल ही चल रहा था।

तीनों ने एक-दूसरे का हाथ पकड़ रखा था। शुरू जाड़े के हल्के बादल थे और वे बहुत सफ़ेद थे...समूचे पहाड़ी शहर पर एक पीली-सी छाया उतर आई थी। आख़िरी धूप के धब्बे चीड़ की सुइयों पर लिपट गए थे...सोने के छल्लों से...और हवा ख़ामोश थी।

"क्या हम आ गए?"

उत्तर में माँ ने बच्चे की ओर देखा और हँस दी।

माल रोड पार करने के बाद लाइब्रेरी आई, जो चर्च के सामने थी। लाइब्रेरी की लम्बी खिड़कियों पर पत्तों की बेल झूल रही थी। जब कभी हवा का हल्का-सा झोंका आता, उनकी छाया किरोशिए से काढ़े गए बेल-बूटों-सी दीवार पर डोल जाती—सब वैसा ही था। कुछ भी नहीं बदला।

"क्या हम आ गए?"

इस बार कोशिश के बावजूद बच्चा अपनी उत्तेजना नहीं दबा सका। इतनी चढ़ाई पैदल पार करने के बाद उसकी आँखें ज्वर-ग्रस्त-सी हो आई थीं।

"क्या तुम देखते नहीं," पिता ने कहा, "उधर वे क्या हैं?"

बच्चे की आँखें पिता की अँगुली की दिशा में उठ गईं।

बीच में नीले जंगलों के झुरमुट थे...और उनके परे बादलों की सुरमई रेखा। मौसम असाधारण रूप से साफ़ था। हवा के आर-पार पारदर्शी धूप थी...चाकू की धार-सी पैनी—बीच के कोनों, हाशियों को तराशती हुई...और उनके ऊपर दूर...वे खड़े थे, नंगी बर्फ़ में लिपटे हुए ख़ामोश और ख़ुद अपनी ख़ामोशी से आतंकित...।

बच्चे की ज्वर-ग्रस्त आँखें असाधारण रूप से चमकने लगी थीं।

"क्या हम वहाँ जाएँगे?"

इस पर माँ नहीं हँस सकी। उसके छोटे-से स्वर में एक अजीब परायापन-सा था, जिसे दोनों ने पहचान लिया था।

"तुम कैसे हो...हमें यहीं तो आना था," पिता ने कहा।

उनके स्वर में दबी-सी झुँझलाहट थी। फिर उन्हें अपनी ही झुँझलाहट पर शर्म-सी हो आई और दूसरी ओर देखने लगे।

"हाँ, हमें यहीं तक आना था," माँ ने कहा, जैसे वह सोती हुई बोल रही हो।

यहीं तक...आगे पहाड़ियाँ थीं धूप की, सुनहरी आभा में रँगी हुई, चुप और स्तब्ध।

चारों ओर था रिज का समतल मैदान और पुराना चर्च...खिड़कियों के स्टेन-ग्लास पर एक तिरछी किरण आ लेटी थी...और दूर से लगता था, जैसे वह टूटे काँच की दरार हो, जो सिर्फ़ भ्रम था और कुछ नहीं।

"तुम्हें सर्दी तो नहीं लग रही?" पति ने पूछा।

"नहीं, मैं ठीक हूँ।" वह क्षण-भर के लिए काँप गई थी और पति ने उसे देख लिया था।

वे रिज के एक कोने में खड़े थे। सामने हवाघर की बेंचें थीं और उनके परे लकड़ी का जँगला था। नीचे घास की ढलान थी, जहाँ इक्के-दुक्के जुगनू चमक जाते थे। सामने बेंच थी। वह ख़ाली थी और उस पर धीरे-धीरे धूल और धूल में सने पत्ते इकट्ठा होते गए थे। वह बहुत साधारण थी और कोई भी नहीं कह सकता था कि कभी कोई उस पर बैठा होगा। लगता था, मुद्दत से वह ऐसे ही ख़ाली पड़ी है।

कुछ देर तक वे उसे देखते रहे, मानो किसी बहुत पुरानी चीज़ को पहचान पाने की चेष्टा कर रहे हों...और न जाने क्यों, चाहने पर भी वे उस क्षण एक-दूसरे को छूने का साहस नहीं कर पाए।

बच्चा बेंच पर सिर टिकाए सो गया था। सामने पहाड़ियाँ थीं, जो धीरे-धीरे पतझड़ के नरम और चमकीले अन्धकार में डूबने लगी थीं।

पति ने उसके कन्धे पर हाथ रखा। वह सिहर-सी गई और उसने धीरे-से उसका हाथ अलग कर दिया।

"क्या बात है?" पति ने तनिक सशंकित स्वर में पूछा।

"मुझे लगता है, हमें इसे यहाँ नहीं लाना चाहिए था।" उसने बच्चे की ओर देखा और फिर सहसा उसकी आँखें अँधेरे के उस सुदूर धब्बे पर उठ गईं, जहाँ कुछ देर पहले पहाड़ थे और अब कुछ भी नहीं...।

"हमें इसे यहाँ नहीं लाना था," उसने कहा।

"अरे कुछ भी नहीं। वापस होटल जाने पर यह सबकुछ भूल जाएगा...।"

"हाँ...सबकुछ!" पत्नी ने कहा, किन्तु पति ने उसका स्वर नहीं सुना। वह बहुत धीमा रहा होगा।

उसका ध्यान भटक गया था और वह अपने होटल के कमरे के बारे में सोचने लगा था, जहाँ बरसों पहले उन दोनों ने कुछ बहुत सुखद रातें गुज़ारी थीं। अचानक उसका मन उल्लसित-सा हो आया, "देखो, बदला कुछ भी नहीं।"

...और वह जैसे आधी नींद से जाग उठी हो, "हाँ, कुछ भी नहीं," उसने कहा।

पति ने उसकी ओर देखा, "तुम्हें सर्दी तो नहीं लग रही?"

"नहीं...मैं ठीक हूँ।"

पति ने आश्वस्त होकर लम्बी साँस ली और उसे पास खींचकर धीरे-से चूम लिया।

मुझे सुखी दम्पती देखने अच्छे लगते हैं और जब वे एक-दूसरे को चाहते भी हों तो वह एक रहस्यमय चमत्कार-सा लगता है।

पराये शहर में

मैं उससे सेंट मार्क के स्कॉयर में मिला था। स्कॉयर में भी नहीं, उसके ज़रा पीछे, पुल के पास, जहाँ गँदोले खड़े रहते हैं।

वह रविवार की रात थी और दूसरे दिन मुझे चला जाना था।

आर्केस्ट्रा पर वे आइदा का ऑपेरा बजा रहे थे...उस रेस्तराँ के आगे, जहाँ कुछ देर पहले मैं चियान्ती पी रहा था। चियान्ती ख़ून की तरह लाल थी...और लिसलिसी। मुझे चियान्ती अच्छी लगती थी और हालाँकि वह लिसलिसी और कसैली थी, तुम चियान्ती को फेंक नहीं सकते।

गर्मी बहुत थी और वह लड़की गाते हुए बार-बार पसीना पोंछ लेती थी। चारों तरफ़ भीड़ थी और सेंट मार्क चर्च के आगे कबूतर उड़ रहे थे। शाम की मिटती धूप में वे भूरे मटियाले 'एंजल'-से लग रहे थे और कभी-कभी उनकी बीट मेरी जाकेट पर टपक जाती थी।

"सिन्योरा...ओह, सिन्योर!"

उस छोटे-से लड़के ने मेरे आगे बहुत-से पिक्चर-पोस्टकार्ड फैला दिये। वे काफ़ी गन्दे थे। लेकिन वे ख़ूबसूरत रहे होंगे। शुरू में वे काफ़ी ख़ूबसूरत रहे होंगे। अब उन पर मिट्टी और गर्द जमा हो गई थी। इसके बावजूद मेरी आँखें एक 'मैडोना' के चेहरे पर जा टिकीं, जो कि पीछे से मेरी ओर झाँक रहा था। एक गुलाबी चादर उसके सिर पर झुक आई थी और उस पर कुछ हरे उदास धब्बे चमक रहे थे।

लड़की गा रही थी। 'आइदा' का उन्माद और बदहवास पागलपन चर्च की दीवारों से टकराकर भीड़ में खो जाता था।

"सिन्योरा...यू लाइक मैडोना!" उसने मैडोना का पोस्टकार्ड मेरे आगे कर दिया। अमरीकी टूरिस्टों के सम्पर्क में रहकर उसने चन्द ज़रूरी शब्द सीख लिये थे।

"आई लाइक मैडोना," मैंने कहा।

"सिर्फ़ चार सौ लीरा," उसने मैडोना का कार्ड मेरे आगे हिलाते हुए कहा।

मैंने कन्धे सिकोड़ लिये। "नो मनी...बबीनो!" मैं आगे बढ़ गया। "मोमेन्तो...सिन्योरा...तीन सौ लीरा!" मैडोना का चेहरा मेरे पीछे-पीछे भाग रहा था। उसने मेरी जाकेट पकड़ ली।

"नहीं...बबीनो (बच्चे)," मैंने निराश भाव से कहा।

"आह सिन्योरा...तुम मैडोना को नहीं चाहते।" लड़के के स्वर में हल्का-सा व्यंग्य था।

"मैं मैडोना को चाहता हूँ," मैंने कहा। "आई लव मैडोना वेरी मच..."

किन्तु उसने मेरी बात नहीं सुनी। सुनी भी शायद, तो विश्वास नहीं किया। दूसरे क्षण वह भीड़ में खो गया।

उसके साथ मैडोना का उदास चेहरा भी। मैं भीड़ से ऊबकर 'ग्रैंड कैनाल' के सामने चला आया। वेनिस का गर्म, मैला अँधेरा पानी पर सरक

रहा था। एक लम्बी मोटरबोट 'लीडो' से वापस आ रही थी। उसकी रोशनी में पानी की पीली सलवटें दिखाई दे जाती थीं। बाहर पब में बैठकर मैंने बियर पी—गुनगुनी इटैलियन बियर, जो नीचे जाने से पहले गले में अटक जाती थी। वह काफ़ी कमज़ोर थी। लेकिन वह इतनी कमज़ोर नहीं थी कि चियान्ती की मीठी लिसलिसी 'पीड़ा' को दूर न कर सके।

मैं वापस सेंट मार्क के चौक में चला आया। लोगों की एक बड़ी भीड़ ऑर्केस्ट्रा के आगे-पीछे जमा हो गई थी। जो लोग बाहर रेस्तराओं की कुर्सियों पर बैठे थे, उन्होंने अपनी कुर्सियाँ ऑर्केस्ट्रा की तरफ़ मोड़ ली थीं।

लड़की बीच स्कॉयर में गा रही थी। वह आइदा का एक आरिया (ओपेरा-गीत) था, जो अरसा पहले मैंने प्राग में सुना था। उसका स्वर बहुत ऊपर जाकर तन जाता था और तब लगता था, जैसे आतिशबाज़ी के 'अनार' की तरह हवा में टूट जाएगा और उसके स्वर की रंग-बिरंगी चिप्पियाँ सारी भीड़ पर बिखर जाएँगी। लेकिन वह टूटता नहीं था। धुर ऊपर जाकर वह गेहूँ की बाली-सा नीचे झुक जाता था। नीचे—जहाँ भीड़ और गर्म देहों से निकलते हुए पसीने की गन्ध थी। मेरे पास समय काफ़ी था। चौक के अन्तिम छोर पर जाकर मैं एक छोटी-सी गली में मुड़ गया।

दुकानें अब भी खुली थीं, लेकिन अब वे वीरान थीं। सिर्फ़ 'बार' या छोटे काफ़ों के आगे कुछ लोगों के गुच्छे दिखाई दे जाते थे। ऊपर मकानों पर अँधेरा था। जान पड़ता था, गर्मी की उस रात में वेनिस के सब लोग अपने-अपने घरों से निकलकर बाहर सड़कों पर चले आए थे।

वह गली पुल तक गई थी। वह एक छोटा-सा पुल था। वेनिस के हज़ारों पुलों की तरह। मैं आगे नहीं जाना चाहता था। पिछले दिनों में

कई बार रास्ता भूल चुका था। उस रात मैं रास्ता नहीं भूलना चाहता था, क्योंकि अगले दिन मुझे चले जाना था, और मैं चाहता था कि आख़िरी घड़ियों में सेंट मार्क के आस-पास घूमता रहूँ। यदि तुम सेंट मार्क के पास रहो, तो रास्ता भूल जाने पर भी ज़्यादा फ़िक्र नहीं होती। दूर से उनकी ऊँची बुर्ज़ियाँ दिखाई देती रहती हैं।

पुल के नीचे तीन-चार गँदोले खड़े थे। उन पर छोटी-छोटी लालटेनें जल रही थीं। उनके मद्धिम आलोक में कूड़ा-कचरा दिखाई दे जाता था, जो पानी पर था, लेकिन जिसने पानी को छिपा लिया था।

एक लम्बा, पतला-दुबला-सा लड़का मेरे सामने चला आया। उसने अपने लम्बे, घुँघराले बाल वैसलीन में चुपड़ रखे थे। गले में एक रंग-बिरंगा रूमाल लटक रहा था।

"गन्दोला...?"

"नहीं," मैंने कहा।

"बिग टूर...ग्रैंड कैनाल," उसने हवा में अपनी लम्बी बाँह फैला दी। उस बाँह के भीतर समूची कैनाल समा सकती थी।

मैंने तनिक खेद प्रदर्शित करते हुए सिर हिला दिया।

"माई गन्दोला गूद...बेरी गूद!" उसने मेरे कान के पास चीख़ते हुए कहा।

कोई फ़ायदा नहीं। मैं वापस मुड़ने लगा। मुझे उस रात गन्दोला में घूमने की कोई इच्छा नहीं थी। लेकिन उसने मुझे छोड़ा नहीं। उसने सोचा, मैं बहुत अकेला हूँ।

"नो सिग्नोरिना...?" उसने पूछा। फिर उसने एक लम्बी उच्छ्वास ली और दिल पर हाथ रखकर आँखें मूँद लीं।

वह मेरा कन्धा पकड़कर पुल के दूसरे छोर पर ले गया। वह बराबर मुझसे इटैलियन, फ्रेंच और अंग्रेज़ी की मिली-जुली भाषा में कुछ कह रहा था, जो मैं बिलकुल नहीं समझ पा रहा था। मैंने समझने की

कोशिश बहुत पहले छोड़ दी थी। कोशिश यही थी कि मैं अपने को उससे छुड़ा सकूँ, जो असम्भव था।

एक 'पब' के सामने आकर उसने मेरा कन्धा छोड़ दिया। उसने दो-तीन बार सीटी बजाई और फिर मेरी ओर देखकर मुस्कराने लगा। मैं भी मुस्कराने लगा। मैं अब उसे छोड़कर नहीं जा सकता था।

मोतियों की झालरोंवाली चिक को बीच में से हटाकर एक स्त्री बाहर आई। उसने पहले उस लड़के की ओर देखा, फिर मेरी ओर।

एक छोटी-सी भीड़ हमारे पीछे इकट्ठी हो गई थी। इटली में कहीं भी आसानी से भीड़ जमा हो जाती है, चाहे बात कुछ भी न हो।

मेरे साथी ने उस स्त्री से कुछ फुसफुसाते हुए कहा, जो मैं नहीं सुन सका। अगर सुन भी लेता, तो भी कुछ समझ पाना असम्भव था।

वह मेरे निकट चली आई। मैंने उसकी ओर देखा। वह एक विराटकाय स्त्री थी। उसने सस्ती जार्जट की लम्बी स्कर्ट पहन रखी थी। जुर्राबें नायलन की थीं, लेकिन एड़ियों के पास वे घिस गई थीं। जान पड़ता था, अरसे से उन्हें धोया नहीं गया।

वह मेरे पास आई। उसने मेरे बालों को छुआ। फिर आँखों को...।

"स्पीक इंग्लिश...?" उसने पूछा। भीड़ में खड़े लोग हँसने लगे। किसी ने सीटी बजाई और अश्लील-सा इशारा किया। किन्तु वह ऐसे खड़ी थी, जैसे वह आदमियों के बीच एक मकान हो। उसे भीड़ का कोई ख़याल नहीं था।

"इसके साथ जाओगे?" उस लड़के ने फुसफुसाकर कहा। "सिर्फ़ पाँच सौ लीरा...तुम पूरी रात इसके साथ रह सकते हो।"

वह मेरा हाथ अपने हाथ में लेकर अपनी स्कर्ट पर रगड़ने लगी।

"तुम बोलते नहीं?" उसने कहा। "मेरा घर बहुत पास है," उसने मुस्कराते हुए कहा। उसकी आँखें भारी थीं—नींद या नशे से, कुछ भी कहना असम्भव था।

मुझे लगा, उसके सामने कुछ भी कहना असम्भव है।

वह लड़का मेरे और निकट खिसक आया, "तीन सौ लीरा... सिर्फ़ एक घंटे के लिए।"

मैंने उसकी ओर देखा भी नहीं।

"बबीनो, क्या मैं तुम्हारी आँखें चूम सकती हूँ?" उसने हँसते हुए कहा।

गली के गर्म अँधेरे में लोगों की हँसी मुझे कुछ अजीब-सी लगी। वे हमारे बहुत निकट चले आए थे।

"आह बबीनो, तुम मुझे नहीं चाहते?" स्त्री ने कहा।

"मैं तुम्हें बहुत चाहता हूँ," मैंने कहा।

"देखो, यह मुझे नहीं चाहता," उसने भीड़ की ओर उन्मुख होकर कहा।

वह लड़का इटैलियन में कुछ कह रहा था। उसकी कनपटियों पर पसीना और वैसलीन एक-दूसरे में घुलकर बह रहे थे।

"बबीनो, तुम मुझे नहीं चाहते," उसने हँसते हुए कहा, "लेकिन देखो...मैं खूबसूरत हूँ।" उसने अपनी स्कर्ट घुटनों से भी ऊपर उठा दी, "मैं मैडोना से भी ज़्यादा खूबसूरत हूँ।"

उसकी बोझिल, गाती हुई आवाज़ भीड़ के ठहाकों में डूब गई।

"सिन्योरे...यू लाइक मैडोना?" किसी ने हँसते हुए कहा।

भीड़ से बाहर निकलकर मैं दुबारा पुल पर चला आया। इस बार उस लड़के ने मुझे नहीं रोका। अब उसे शायद मुझमें या मेरे अकेलेपन में कोई दिलचस्पी नहीं रह गई थी।

मुझे ख़ुशी हुई कि अब मैं सचमुच अकेला हूँ। मुझे इस बात की भी ख़ुशी हुई कि उस लड़के ने उस स्त्री को भी अकेला छोड़ दिया होगा।

पुल के नीचे पानी का एक हिस्सा खुल गया था—सफ़ेद और ख़ामोश। कुछ दूर से वह एक फटी थिगली-सा दीखता था। पानी पर लेटा हुआ, लेकिन अपने में अलग।

मैंने दुबारा पुल पार किया—फिर अँधेरी, सँकरी गलियों से गुज़रता हुआ सेंट मार्क के चौराहे पर चला आया। चाँद निकल आया था, लेकिन अभी वह बहुत नीचे था। उसका पीला आलोक सिर्फ़ सेंट मार्क की बायजंटाइन बुर्ज़ियों पर गिर रहा था। कहीं दूर कैनाल के कोने से मोटरबोट की सूनी आवाज़ सुनाई दे जाती थी।

ऑर्केस्ट्रा के लोग बहुत पहले जा चुके थे। बेंचें ख़ाली पड़ी थीं। जहाँ पहले आइदा की भटकती, पागल आवाज़ थी, वहाँ अब पुराने पत्थर थे—गर्म और मैले। कबूतरों की छाया उन पर डोल जाती थी।

मैं चियान्ती पीने के लिए स्कॉयर के एक सस्ते रेस्तराँ में बैठ गया। अब मैं दूसरे लोगों की तरह था। वे मुझे नहीं देख रहे थे—और पराये शहर में—अगर तुम्हें कोई नहीं देख रहा हो, तब अकेलापन नहीं लगता।

लेकिन मैं आख़िर तक उस लड़के को खोजता रहा, जो मुझे मैडोना का पोस्टकार्ड नहीं बेच सका था। वह भीड़ में कहीं दिखाई नहीं दिया...दो सौ लीरा में वह ज़्यादा महँगा नहीं था, वह उसे कहीं भी बेच सकता है। लेकिन मैं अब उससे नहीं मिल सकूँगा, मैंने सोचा, क्योंकि वेनिस में वह मेरी आख़िरी शाम थी और यद्यपि—चियान्ती का स्वाद वैसा ही गर्म और लिसलिसा था, मैं उसे फेंक नहीं सकता था।

तुम चियान्ती को फेंक नहीं सकते, न ही उसकी पीड़ा को।

जलती झाड़ी

मैं उस शहर में पहली बार आया था। सोचा था, चन्द दिन यहाँ रहकर आगे चला जाऊँगा; किन्तु कुछ अप्रत्याशित कारणों से रुक जाना पड़ा। दिन-भर होटल में रहता और जब ऊब जाता, तो अक्सर घूमते हुए इस स्थान की ओर क़दम बढ़ जाते। अजनबी शहरों में भी हर यात्री अपने प्रिय कोने खोज लेता है...।

वैसे भी कई बार वहाँ जाने को मन हुआ था। रात को किसी सस्ते रेस्तराँ की तलाश करते समय अक्सर उस तरफ़ निगाह चली जाती या कभी ट्राम की खिड़की से पुल पार करते हुए एक दबा-सा मोह जग जाता। इच्छा होती, यहीं उतर जाऊँ। किन्तु एक हल्की-सी हिचक उभर आती, और मैं उसके तले दब जाता।

वह दिन कुछ अलग-सा रहा होगा। मैं दिन-भर होटल के अकेले कमरे में सोता रहा था। फिर कुछ ज़रूरी पत्र लिखे और उन्हें पोस्ट करने के बहाने बाहर चला आया।

वापस आते हुए मैंने जान-बूझकर रास्ता बदल लिया। सम्भव है, एक धुँधले ढंग से मैंने अपने को ढीला छोड़ दिया...ऐसा अक्सर होता है। जब कभी मैं दिन-भर सोकर बाहर आता हूँ, तब अपने को एक नये सिरे से छोड़ देने की इच्छा होती है—ख़ास कर अजनबी शहरों में जहाँ हमें कोई नहीं पहचानता, और हम किसी शर्म और झिझक के बिना एक रास्ता छोड़कर दूसरे रास्ते पर हो लेते हैं।

ऐसा ही एक पतझड़ का दिन था, जब मैं वहाँ चला आया था।

वह एक टापू था—शहर के छोर पर, जहाँ पहाड़ी शुरू होती है। नदी की दो धाराएँ कैंची की तरह उसे बीच में से काट गई थीं। पुल के नीचे लम्बी घास पानी में भीगती रहती थी। किनारे पर दूर-दूर लाल तख़्तों की बेंचें पड़ी थीं। उन दिनों अक्सर ये बेंचें ख़ाली रहती थीं। बिलकुल ख़ाली भी नहीं...पत्ते लगातार उन पर झरते रहते। जब कभी हवा का कोई झोंका उन्हें उड़ा ले जाता, तो वही झोंका वापस मुड़कर दूसरे पत्तों को उन पर बिखरा देता। वे कभी ज़्यादा देर तक ख़ाली नहीं रहती थीं। पानी बहता रहता। उसकी आवाज़ के संग हमेशा एक और आवाज़ मन में आती थी...किसी दिन वहाँ जाऊँगा।

और ऐसे ही एक पतझड़ के दिन मैं वहाँ चला आया था...।

किनारे-किनारे चलते हुए मैं उन बच्चों से अलग था, जो पुल के नीचे खेल रहे थे। उन्होंने शायद मुझे देखा भी नहीं। वे पत्तों का ढेर बना देते थे और उन्हें माचिस से जलाकर भाग जाते थे। शाम की मद्धिम धूप में धुएँ के दायरे फैल जाते थे। एक सोंधी-सी गन्ध टापू के इर्द-गिर्द हवा में तिर जाती थी।

मैं पुल से दूर चला आया—दूसरी तरफ़, जहाँ पेड़ों की नंगी शाख़ाएँ पानी को छू रही थीं। वहाँ गीली घास का एक टुकड़ा नदी के छोर तक चला गया था। ढलान पर उतरते ही निगाह अचानक उस पर टिक गई। पाँव अनायास ठिठक गए।

वह एक बहुत बूढ़ा व्यक्ति था। एक छोटी-सी स्पोर्ट-चेयर पर बैठा था—बिलकुल निश्चल और ख़ामोश। मुँह में पाइप दबी थी, जो न जाने कब से बुझ चुकी थी। हाथ में मछली पकड़ने का काँटा था—नदी के गँदले पानी में दूर तक डूबा हुआ। किन्तु उसका ध्यान काँटे की तरफ़ नहीं था—वह टापू के परे शहर के पुलों की ओर देख रहा था। रह-रहकर मुँह में दबी पाइप हिल उठती थी।

वह टापू का नीरव कोना था। मैं निरुद्देश्य घूमता हुआ थक गया था। अपना चमड़े का बैग मैंने भीगी घास पर रख दिया और वहीं बैठ गया।

पास, मेरे बिलकुल पास, एक नंगा वृक्ष खड़ा था। बारिश में भीगा लेकिन गरम। उसकी गरमाई धीरे-धीरे मुझे छूने लगी। पिछले एक सप्ताह से इस शहर पर पानी बरसता रहा था। घास के नीचे मिट्टी नम थी, और इतनी मुलायम कि पैर नीचे दबने लगते थे।

यह पहला दिन था, जब बारिश थमी थी। बादल अब भी थे, कुछ टापू पर, कुछ हटकर शहर की पहाड़ी पर, किन्तु अब वे ख़ाली और हल्के थे और हवा में उड़ते-से जान पड़ते थे।

मैं काफ़ी देर तक वहाँ बैठा रहा। इस दौरान में बूढ़े ने एक भी मछली नहीं पकड़ी। एक बार काँटा हिला था—उसने लपककर डंडी खींची। मैंने सोचा, अब एक तड़पता हुआ मांस का लोथ ऊपर आएगा। मैं ख़ुद शायद काफ़ी उत्तेजित हो गया था और पानी के पास सरक आया था। किन्तु कुछ भी नहीं हुआ। उसने नदी से काँटा बाहर निकाला, फिर मेरी ओर देखकर हँसने लगा। काँटा ख़ाली था—मछली बहुत सफ़ाई से अपना आहार चुरा ले गई थी।

हम दोनों फिर अपनी-अपनी जगह चुपचाप बैठे रहे। बूढ़े ने अपने काँटे में चारा भरा और फिर दूर हवा में उछालकर पानी में डुबो दिया। बहते पानी पर एक चौड़ा-सा दायरा फैल गया—धूप में पारे-सा चमकता हुआ, और फिर मिट गया।

उसने अपनी पाइप दुबारा सुलगा ली और पुराने ओवरकोट के कॉलर ऊपर कानों तक चढ़ा लिये। पानी पर तिरती धूप का एक हिस्सा बच्चों के लट्टू-सा घूमता हुआ किनारे आ लगता था और टूट जाता था। किन्तु बूढ़े का ध्यान उधर नहीं था। मैं बहुत सोचता हुआ भी ठीक से निश्चय नहीं कर पाया कि उसकी आँखें किस ख़ास बिन्दु पर टिकी हैं। उसकी आँखें खुली हैं या बन्द, यह भी सही-सही कह पाना कठिन था।

किन्तु रफ़्ता-रफ़्ता मेरा भ्रम पक्का होता गया और वह भ्रम किस चीज़ को लेकर था, मैं आज तक ठीक से नहीं जान सका, किन्तु वह अवश्य किसी अज्ञात सन्देह का द्योतक रहा होगा। वह सिर्फ़ एक बार मुझे देखकर हँसा था, किन्तु मुझे आश्चर्य है कि क्या उस समय भी उसने मुझे ठीक से देखा था? यदि नहीं देखा था तो मेरी ओर उन्मुख होकर हँसने की ज़रूरत क्यों महसूस हुई?

मुझे अपने भीतर एक अजीब-सी बेचैनी महसूस होने लगी। उसे मेरे अस्तित्व का बिलकुल भी आभास नहीं, हालाँकि मैं उसके इतने पास बैठा हूँ—यह मुझे अत्यन्त अस्वाभाविक-सा जान पड़ा। अजाने शहरों में कभी-कभी आत्मीयता की भूख कितनी उत्कट हो जाती है, यह उस क्षण से पहले मैं नहीं जान पाया था।

निस्सन्देह वह कहीं किसी ख़ास चीज़ पर आँख टिकाए था—ऐसा कुछ जो मेरी आँखों के घेरे के भीतर छुआ भी मुझसे अछूता था।

किन्तु मैंने कोशिश की। उसकी आँखों के सामने शहर का सबसे पुराना पुल था, उसके परे नेशनल थियेटर की बारीक दीवारें और छत और बीच में पुल का टॉवर, जो शाम को डूबती रोशनी में झिलमिला रहा था। किन्तु ये ऐसी चीज़ें थीं, जिन्हें उस शहर में चलते हुए, गलियों से गुज़रते हुए, हम रोज़ देखते थे। इनमें कुछ भी विशिष्ट, कुछ भी असाधारण नहीं था, कम-से-कम इस बूढ़े के लिए तो नहीं,

जो शायद बरसों से इस शहर में रह रहा है। मेरे भीतर का भ्रम फिर जागने लगा—इसके अलावा भी शायद कुछ और है, कुछ अन्यतम, बिलकुल अलग से...।

किन्तु क्या यह आदमी देख सकता है? अचानक मेरे मस्तिष्क में यह बेतुका विचार कौंध गया। वह बहुत बूढ़ा है...।

हवा का हल्का-सा झोंका आया—धूप धीरे-धीरे उड़ने लगी। समूचे टापू पर एक जड़वत् निस्तब्धता-सी घिरने लगी। पत्ते पानी पर झरते थे और बह जाते थे। सिर्फ़ धूप के कुछ टुकड़े शेष रह गए थे—पत्थरों पर, टहनियों पर। कुछ देर बाद शाम उन्हें भी बुहार ले जाएगी—सिर्फ़ हम दोनों वहाँ बने रहेंगे।

किन्तु नहीं...वह जा रहा है। मेरी आँखें अनायास ऊपर उठ आईं। वह सचमुच जा रहा था। उसने मछली पकड़ने के काँटे को पानी से बाहर निकाल लिया, कैनवस की कुर्सी को लपेटकर बग़ल में दबा लिया, फिर बहुत पुराना, ज़र्द बाउलर हैट पहना और पाइप मुँह से बाहर निकालकर जेब में रख ली। मछली पकड़ने का झोला—जो ख़ाली था—उसने काँटे की डंडी पर लटका लिया था।

न जाने क्यों, उस क्षण मेरे भीतर एक अजीब-सी झुरझुरी फैल गई। लगा, जैसे मैं एक बहुत पेचीदा रहस्यमय ढंग से उस पर आश्रित हूँ, जैसे उसके जाने-भर से ही मैं कुछ खो दूँगा, जो एक लम्बी मुद्दत से मुझमें पलता रहा है, जैसे उसका यहाँ रहना ख़ुद मेरे रहने से जुड़ा है...किन्तु उस क्षण शायद कुछ हुआ, शायद सूखे पत्तों की खड़खड़ाहट या शायद कोई पत्थर पानी में लुढ़क गया होगा—और वह चौंक गया, जैसे उसके पाँव धरती पर बँधे-से रह गए, जैसे किसी ने उसे पकड़ लिया हो। उसने एक बार पीछे मुड़कर देखा, नदी के बहते पानी की तरफ़ और फिर तेज़ी से क़दम बढ़ाता हुआ मेरे सामने से निकल गया।

जाते हुए उसने एक बार भी मेरी ओर नहीं देखा। कुछ देर तक टापू में उसके पैरों के नीचे दबते पत्तों की चरमराहट सुनाई देती रही, फिर सबकुछ पहले-जैसा ख़ामोश हो गया।

ऐसे ही कुछ क्षण बीते होंगे। मैं अपनी जगह से उठ खड़ा हुआ और ठीक उसी स्थान पर आकर बैठ गया, जहाँ कुछ देर पहले बूढ़ा मछुआ बैठा था, गीली मिट्टी पर उसके जूतों के निशान अब भी दिखाई देते थे—बहुत लम्बे नहीं किन्तु काफ़ी चौड़े और आगे की तरफ़ से तनिक बेडौल। वे मुझे बहुत साधारण-से लगे और ज़्यादा देर तक मेरा ध्यान उन पर नहीं टिक सका।

इस बीच अवश्य कुछ समय गुज़रा होगा...बाद में जब मेरा ध्यान अपनी तरफ़ गया, तो मुझे कुछ हैरानी-सी हुई। दरअसल पिछले कुछ समय से मैं उसी तरफ़—बिना किसी निश्चित इरादे या संकल्प के उसी तरफ़ देख रहा था, जहाँ कुछ देर पहले बूढ़े की आँखें लगी थीं। किनारे के पास लगी झाड़ियों पर कुछ परिन्दे उड़े थे। एम्बेंकमेंट के परे एक बहुत पुराने गिरजे के शीशे पर आख़िरी धूप का धब्बा चमक रहा था—उसकी छाया एक डबडबाती सुर्ख़ आँख-सी दरिया के बीच चमक जाती थी।

कोई नहीं जानेगा, मैंने सोचा, कोई नहीं जानेगा कि अभी कुछ देर पहले तक वह बूढ़ा यहाँ, इसी जगह बैठा था। इस ख़याल से मुझे सांत्वना मिली कि मैंने उससे छुटकारा पा लिया है। बहुत मुमकिन है कि वह महज़ मेरा भ्रम हो, एक झूठा भटकाव, जो अक्सर अजनबी शहरों में घूमते हुए हो जाता है। होटल के कमरे में पहुँचते ही—जब मैं अपने को नये सिरे से अकेला पाऊँगा—तो हर चीज़ अपने औसत असली घेरे में लौट आएगी।

सामने पुल पर ट्राम जा रही थी। उसकी बत्तियों की छाया चमकीली झालर-सी पानी पर फिसलती रही। कुछ लोग खिड़की से बाहर इस टापू को देख रहे थे—बिलकुल वैसे ही स्वाभाविक और सहज ढंग से,

जैसे मैं आर-पार जाते हुए देखा करता था। किन्तु अब मैं खिड़की से लटकते हुए उनके चेहरों को देखकर कुछ बेचैन-सा हो उठा—अपने पर शंका-सी होने लगी, जैसे मैंने यहाँ आकर कोई ग़लती कर डाली हो! लगा, जैसे मुझे भी उनकी तरह पुल के पार सीधे चला जाना चाहिए था।

कोशिश करूँ तो अब भी जा सकता हूँ, सिर्फ़...।

मुझे अपने पीछे हल्की-सी आहट सुनाई दी। दो लड़के मेरी ओर बहुत मन्द गति से चले आ रहे थे। इस शहर के अन्य लड़कों की तरह उनके सिर गोल, नीली टोपियों से ढके थे। छोटे लड़के के हाथ में एक चौड़ा रंग-बिरंगा रूमाल था। वह पेड़ों से झरे हुए, पीले मुरझाए पत्ते उस रूमाल में बटोरता जाता था। बड़ा लड़का, जो पहले से क़द में ऊँचा था, किन्तु उम्र में ज़्यादा बड़ा नहीं लगता था, अनमने भाव से एक छोटी-सी टहनी हवा में घुमाता हुआ चल रहा था। वे दोनों टापू के अन्तिम छोर पर आ गए थे—उस जगह तक, जहाँ किनारे पर लगी झाड़ियाँ पानी में भीग रही थीं।

छोटा लड़का दबे क़दमों से ढलान पर उतरा और रूमाल में बँधे सब पत्ते पानी में छोड़ दिये। फिर उसने अपने कोट की दोनों जेबों से कुछ और पत्ते निकाले—गीली मिट्टी में लिथड़े पत्ते—और फिर उन्हें भी दोनों हाथों से बहते पानी में बहा दिया। इस बीच मुझे महसूस हुआ कि बड़ा लड़का मुझे देख रहा है—अब भी वह छोटी-सी नंगी टहनी हवा में घुमा रहा था। उसके दाँतों के बीच घास का एक तिनका था, जिसे वह बराबर चबाए जा रहा था। छोटा लड़का पत्तों को बहाकर ऊपर आ गया। वे दोनों अब एक संग खड़े मुझे देख रहे थे।

एक निगाह होती है, सीधी और निश्चित। उसमें हम बँध जाते हैं और रील की मानिन्द खिंचते चले जाते हैं। मुझे ऐसा अक्सर हो जाता है। सुई की नोक तले जैसे कोई कीड़ा दब जाता है—बदहवास होकर तिलमिलाता है, फिर ठहर जाता है...मंत्रमुग्ध-सा, मूर्च्छित...वैसे ही, बिलकुल वैसे ही।

फिर बड़ा लड़का आगे बढ़ा। बहुत सहज भाव से वह मेरे निकट चला आया। और मुझे लगा, जैसे उसका इस तरह मेरे पास चला आना बहुत स्वाभाविक है, जैसे पिछले कुछ क्षणों से मैं ख़ुद उसकी प्रतीक्षा कर रहा हूँ।

"आज कैसे हो?" उसने पूछा।

मैं कुछ भी कह पाता कि मुझे लगा, पीछे खड़ा छोटा लड़का बहुत ही विरक्त भाव से मुस्करा रहा है।

"आज भी ख़ाली हाथ हो?

ख़ाली हाथ? मेरी आँखें अनायास अपने हाथों पर झुक आईं—वे सचमुच ख़ाली थे।

"मेरा मतलब इनसे नहीं है," बड़े लड़के ने उसी सहज, संयत स्वर में कहा, "आज भी तुम कुछ नहीं पकड़ पाए?"

"किन्तु...तुम्हें ग़लतफहमी हुई है। मैं वह नहीं हूँ, जिसे तुम खोज रहे हो। वह तो कब का चला गया।"

"कहाँ?"

मैंने अपने चारों ओर देखा। टापू पर डूबते सूरज की पीली, मैली-सी ललाहट फैल गई थी। दूर पुल के पास जलते पत्तों के ढेर से अब भी धुआँ उठ रहा था, किन्तु वह कहीं भी न था। सिर्फ़ हवा चलने से पत्ते बेंचों से लुढ़ककर धरती पर लोटने लगते थे।

"वह अब यहाँ नहीं है," मैंने कहा, किन्तु न जाने क्यों, इस बार मेरे स्वर में पहले जैसी दृढ़ता नहीं थी।

"लेकिन तुम तो यहाँ हर रोज़ आते हो," छोटे लड़के ने कहा। "उधर देखो, तुम्हारे बूट के निशान अब भी हैं।"

मैंने देखा, मेरे पैर से सटा अब भी वह निशान साफ़ दिखाई दे रहा था—भरा-भरा-सा चौड़ा और आगे की तरफ़ से तनिक बेडौल टूटी, उखड़ी हुई घास के बीच जूते की साफ़ साबुत छाप। बदन के एक कटे हिस्से की तरह वह निशान गीली ज़मीन से चिपका रह गया था।

"किन्तु वह मेरा नहीं है—अत्यन्त अनिश्चित और कमज़ोर लहजे में मैंने प्रतिवाद किया।

वे चुपचाप खड़े रहे। मुझे लगा, जैसे वे प्रतीक्षा कर रहे हैं कि मैं प्रमाण देने के लिए अपने पैर आगे बढ़ाऊँगा। ख़ुद मेरे लिए यह क्रिया बहुत स्वाभाविक होती, किन्तु कोई ताक़त मुझे रोके रही। मैं पूरी शक्ति से अपने पैरों को लम्बी घास में छिपाए रहा।

फिर कुछ भी नहीं हुआ। लगा, जैसे उस क्षण के बाद उनकी दिलचस्पी मुझमें ख़त्म-सी हो गई है। छोटा लड़का पूर्ववत् अपने रूमाल में नीचे गिरे पत्तों को बटोरता हुआ दूर निकल गया। बड़ा लड़का अवश्य कुछ क्षण तक वहाँ खड़ा रहा था—मेरी ओर से बिलकुल उदासीन और तटस्थ।

तब मैं अचानक चौंक-सा गया। वह उसी जगह खड़ा था, जहाँ बूढ़ा चलते-चलते कुछ क्षणों के लिए ठिठक गया था। बिलकुल वही जगह और उसकी आँखें उसी अज्ञात बिन्दु पर जा टिकी थीं, जहाँ बूढ़ा इतनी देर से एकटक देख रहा था।

वह महज़ एक संयोग रहा होगा, उससे ज़्यादा कुछ भी नहीं, क्योंकि कुछ देर बाद ही उसने अपने पास पड़े एक ढेले को ठोकर मारकर पानी में लुढ़का दिया। पानी हिला। कहीं बहुत नीचे बहुत-सी परतें खुलती चली गईं। झाड़ी के पास गीली मिट्टी पर रेंगती हुई कीड़ियों की क़तार लमहा-भर रुककर फिर आगे बढ़ चली। उसने मुँह का तिनका पानी में थूक दिया। सिर से टोपी उतारकर उसे हवा में एक-दो बार झटकाकर पहन लिया और फिर उसी पुराने, अनमने भाव से टहनी को हवा में घुमाता हुआ छोटे लड़के के पीछे चल दिया।

इतना ही हुआ। वे चले गए थे, मुझे अपने पर छोड़कर। मैं फिर वहाँ अकेला छूट गया था, किन्तु उनके जाने के बाद पहले का-सा अकेलापन वापस नहीं आया। जब तक अकेलापन संग रहता है,

सही मानों में तब हम अकेले नहीं होते। अब मैं सिर्फ़ अपने संग था और मुझे यह ख़याल काफ़ी भयानक लगा कि वे दोनों मुझसे कुछ छीन ले गए हैं, जो अब तक मेरे संग था।

उसके बाद मैं ज़्यादा देर तक वहाँ नहीं बैठ सका। मैं फिर अपनी पुरानी जगह वापस आ गया—पेड़ के तने के पास—जहाँ अब भी मेरा बैग रखा था। हम कितनी जल्दी और कितनी बेचैनी से सुरक्षा की टोह पा लेते हैं।

शहर की पहाड़ियाँ अब अँधेरे में छिप गई थीं; किन्तु उनके ऊपर पीछे की ओर उठती हुई गोथिक गिरजे की धूमिल मीनारें एक अधभूले स्वप्न की तरह हवा में टँगी थीं। उन्हें देखकर लगता था, जैसे एक विशालकाय पक्षी उड़ता हुआ अचानक ठिठक गया हो! पहाड़ी और खुले आकाश के बीच उसके दोनों पंख ऊपर की ओर मुड़ गए हों—पथरा गए हों ख़ाली हवा पर।

टापू से कुछ दूर शहर के पुराने पुल की बत्तियाँ झिझकती-सी एक के बाद एक जलने लगी थीं। बहते पानी में उनकी छाया टिमटिमाती मोमबत्तियों-सी काँप जाती थी...।

बहते पानी को देखना शायद बहुत अजीब है। ज़्यादा देर तक एकटक देखते रहो तो लगता है, हममें से भी कुछ टूट-टूटकर उसके संग बह रहा है। हमारे भीतर दूरी के जो हिस्से हैं, जिन्हें कभी-कभार सोते हुए नींद की चन्द लहरें भिगोकर वापस लौट जाती हैं, जो हमारी आधी अँधेरी ज़िन्दगी का हिस्सा हैं, लगता है, जैसे वे स्याह, गहरे पानी के भीतर से उन पर झाँक रहे हों, हमें देख रहे हों!

क्या पहले मैंने कभी देखा है—उन दो लड़कों को, जो अभी-अभी यहाँ से चले गए थे? किन्तु इस शहर में मैं अजनबी हूँ। यदि आज रात अचानक मैं यहाँ से चला जाऊँ, तो होटल के मैनेजर और पुलिस के अलावा किसी को कुछ भी पता नहीं चलेगा। नहीं, यह मेरा भ्रम है।

उन्होंने ज़रूर मुझे पहचानने में ग़लती की है। ऐसा धोखा अक्सर हो जाता है। हो सकता है, वे मज़ाक कर रहे हों! बच्चे अक्सर विदेशी को देखकर मज़ाक करते हैं।

मुझे हल्की-सी ख़ुशी हुई कि वे अब चले गए हैं और मैं जान-बूझकर यह ख़ुशी अपने से छिपाता रहा, जैसे मैं उस पर शर्मिन्दा हूँ। टापू पर सिर्फ़ जलते हुए पत्तों पर से दो-चार बुझती हुई लपटें उठ जाती थीं। बच्चे उन्हें इसी तरह जलते छोड़ बहुत पहले चले गए थे। और अब चारों तरफ़ ख़ामोशी थी—वैसी ही अटूट और अनवरत, जैसे बहते पानी का स्वर। इस बीच टापू और नदी की सीमा-रेखा मिट गई थी या मिटी नहीं थी—अँधेरे में पानी को पहचानना मुश्किल था। बहुत ग़ौर से देखने पर एक हल्की सफ़ेद तरलता नज़र आती थी, जिस पर शाम की हवा थी जो कभी ठहर जाती थी, कभी पानी में पुल की बत्तियों को झकझोरकर आगे खिसक जाती थी...।

सर्दी अचानक बढ़ गई। मैं वहाँ से जाने का इरादा कर रहा था। किन्तु तभी मुझे आभास हुआ कि मैं वहाँ बिलकुल अकेला नहीं हूँ। मेरी दाहिनी ओर, जहाँ झाड़ी थी, हल्की-सी सरसराहट हुई। पहले सिर्फ़ दो धुँधली-सी छायाएँ दिखाई दीं, बाद में मैं उन्हें ठीक से अलग-अलग देख पाया। लड़की के स्कर्ट का अगला हिस्सा शायद झाड़ी में फँस गया था और वह उसे बाहर निकालने के लिए नीचे झुकी थी। शायद झाड़ी की सरसराहट ने ही मेरा ध्यान उनकी ओर आकृष्ट किया था। उसके ज़रा पीछे एक अन्य व्यक्ति था, जिसे मैं पहली निगाह में ठीक से नहीं देख पाया था। शायद इसलिए कि वह बिना हिले-डुले बिलकुल ख़ामोश खड़ा था। शायद इसलिए भी कि उसके लम्बे ओवरकोट ने अँधेरे में उसे कुछ इस ढंग से छिपा लिया था कि ग़ौर से देखे बिना उसके अलग अस्तित्व को पहचानना असम्भव था।

मैंने सोचा, मुझे वहाँ से चुपचाप उठकर चले जाना चाहिए। मुझे मालूम था, अँधेरा घिरने पर अक्सर वहाँ प्रेमियों के जोड़े आते हैं। वैसे मुझे वहाँ बैठने में कोई आपत्ति नहीं थी, यदि वे मुझे देख लेते। तब इन्हें मेरी उपस्थिति का ज्ञान होता। किन्तु ऐसी स्थिति में, जब मैं उन्हें देख रहा हूँ, और उन्हें यह भ्रम हो कि अकेले हैं, मुझे अपना वहाँ रहना अरुचिकर जान पड़ा। किन्तु इससे पेशतर कि मैं कुछ भी निश्चय कर पाता, वे दोनों उस झाड़ी में चले गए।

टापू में उस समय एक असीम, निर्भेद्य मौन सिमट आया था और दूर की हल्की, दबी आवाज़ भी साफ़ सुनाई दे जाती थी। फिर वह झाड़ी मेरे काफ़ी क़रीब थी—मुश्किल से तीन गज़ की दूरी पर। उन दोनों की गहरी हाँफती, टूटी-सी साँसें मुझ तक पहुँच जाती थीं—एक धधकती-सी गरमाहट झाड़ी के बाहर निकलती थी, बीच की हवा को छीलती, भेदती, मंत्र-मुग्ध साँप की तरह बल खाती हुई मुझे लपेट लेती थी। झाड़ी बार-बार हिल उठती थी, मानो उनकी गरम, बोझिल साँसों का भार न सँभाल पा रही हो। उनके नीचे दबे पत्ते बार-बार चरमरा उठते थे।

एक दबी, उफनती-सी चीख़, फिर सिसकती-सी कराहट, फिर वह भी नहीं...एक ख़ाली, हल्की हवा, और तब सबकुछ पहले-जैसा शान्त हो गया।

मुझे आज भी यह सोचकर अपने पर हैरानी होती है कि मैं वहाँ से चला क्यों नहीं आया। जो कुछ झाड़ी के पीछे हो रहा था, उसके प्रति मेरे मन में न कोई जिज्ञासा थी, न जुगुप्सा...कौतूहल भी नहीं। फिर भी मेरे पाँव नहीं उठे, मैं जड़वत् बैठा रहा।

कुछ देर बाद वे बाहर आ गए। या शायद मुझे आभास हुआ कि वे दोनों झाड़ी के बाहर आए हैं, हालाँकि मैं उस क्षण सिर्फ़ लड़की को ही ठीक से देख पाया था। उसने अपने बाल ठीक किये। स्कर्ट पर जो पत्ते और तिनके चिपक आए थे, उन्हें क़रीने से, एक-एक करके अलग किया।

फिर वह झाड़ी से कुछ दूर आगे चली आई—दरिया के पास। मैं अपने आश्चर्य को नहीं दबा पाया, जब मैंने देखा कि वह उसी जगह बैठ गई थी, जहाँ पहले बूढ़ा और बाद में मैं कुछ देर के लिए बैठा था।

मैं उसे देख लेता हूँ। उसने सिगरेट जला ली है। उसके बाल बहुत छोटे हैं—बिलकुल लड़कों के-से—काले रंग की बरसाती पहने है, बटन खुले हैं, जिसके नीचे स्कर्ट घुटनों तक ऊपर खिसक आई है। एक दबी, खिंची साँस के संग धुआँ बाहर निकल आता है...आँखें अधमुँदी-सी रह जाती हैं...।

"देखा तुमने?" वह धीरे-से बुड़बुड़ाई।

मैं चुप रहा। वह अपने से ही कुछ कह रही है—मैंने सोचा और चुप रहा।

"मुझे लगा, जैसे तुम चले गए हो।"

"आपने मुझसे कुछ कहा?"

वह हँसने लगी।

"और यहाँ कौन है?"

फिर भी वह मेरी ओर नहीं देख रही थी। वह दरिया के दूसरे छोर पर देख रही थी—एक ही बिन्दु पर। मुझे सहसा ख़याल आया कि बूढ़ा मछुआ भी उसी ओर देख रहा था—पुलों और चर्च की बुर्ज़ियों के परे—जहाँ शहर की रोशनियाँ ख़त्म होती हैं...अँधेरा शुरू होता है।

"तुम पहले ही चले आए?" उसने कहा।

"मैं...मैं यहीं था," उसने मुझसे ही पूछा था और इस बार मुझे पहले जैसा विस्मय नहीं हुआ।

"और वहाँ...?" उसने पीछे मुड़कर झाड़ी की ओर संकेत किया।

मैं कुछ भी नहीं समझा, उसकी ओर प्रश्न-भरी निगाहों से देखता रहा।

"वहाँ मैं अकेली नहीं गई थी।"

वह फिर हँसने लगी। इस बार वह हँसी पहले-जैसी नहीं थी। उसमें एक बीभत्स अविश्वास भरा था, जैसे मैं पकड़ लिया गया हूँ—वैसे ही, जैसे हम ग़लती से किसी अपरिचित घर का दरवाज़ा खटखटा लें और इससे पेशतर कि हम लौट पाएँ, कोई हमारा हाथ खींचकर हमें भीतर घसीट ले...।

"लेकिन आपके संग..." मैं सहसा सहम जाता हूँ। अनायास मेरी आँखें झाड़ी पर उठ जाती हैं। हवा चलने से एक-दूसरे से उलझी टहनियाँ हल्के से अलग हो जाती हैं...बीच में फँसी पत्तियाँ फट जाती हैं। पहचान लेना मुश्किल नहीं है। मैं पहचान लूँगा और वह जान जाएगी कि मैं वह नहीं हूँ, जो उसने समझा है।

"वह वहाँ है। मैंने उसे आपके संग देखा था," मैंने कहा।

"किधर देखा था?" उसके स्वर में एक बहुत निरीह, कातर-सी आशा उभर आई, जैसे मेरे उत्तर पर उसका बहुत-कुछ निर्भर है! जैसे उसकी नियति का धागा मेरे शब्दों में बँधा है...!

"किधर देखा था?"

"देखिए, उधर झाड़ी में...वह अब भी है।"

"वह कौन?"

झाड़ी काँपती है, जैसे उसके भीतर-ही-भीतर कुछ जल रहा हो!

वह मेरे निकट सरक आई...क्या मैं सच हूँ? एक नरम-सी सरसराहट हुई, जैसे उसने मेरे भीतर एक पन्ना उलट दिया हो!

और वह जैसे आख़िरी पन्ना हो, उसके आगे कुछ भी नहीं।

और मुझे लगा, जैसे उस शाम दूसरी बार किसी ने मुझसे अपने 'सच' का प्रमाण माँगा हो। झाड़ी मुझसे सिर्फ़ तीन क़दम दूर है—तीन क़दम भी नहीं, शायद उससे भी कम। मुझे वहाँ जाने में बहुत कम समय लगेगा। मैं पहले एक क़दम लूँगा, फिर दूसरा और फिर वह मेरे सामने होगा। हर क़दम मुझे उस झाड़ी के पास ले जाएगा जहाँ वह है, अब भी है।

इसमें कुछ भी मुश्किल नहीं, कोई भी डर नहीं। यह इतना सहज और आसान है कि मेरा दिल तेज़ी से घबराने लगता है। मैं सिर्फ़ एक क़दम लूँगा—और फिर सोचूँगा कुछ भी नहीं। दूसरा क़दम लूँगा और तब—तब बहुत कम समय लगेगा और मैं एक ऐसी उम्र में पहुँच गया हूँ, जहाँ इतना समय ज़्यादा मानी नहीं रखता। देखो (मैं अपने से कहता हूँ), देखो, वह प्रतीक्षा कर रही है—साँस रोके, मेरी ओर सन्देह-भरी दृष्टि से देखते हुए। कुछ ऐसे ही, जैसे वह लड़का तिनका चबाता हुआ मेरी ओर देख रहा था...।

मैं खड़ा हो जाता हूँ—झाड़ी की तरफ़ बढ़ता हूँ। उसकी आँखें मुझ पर चिपकी हैं। आज तक किसी ने मुझे इतनी आतुर, विह्वल आँखों से नहीं देखा। एक देखना होता है, जिसमें हम बँध जाते हैं, सिमट जाते हैं। उसका देखना ऐसा नहीं था। वह देख रही थी, मुझे धकेलते हुए, जैसे अपने से अलग करते हुए। और मैं ठहर जाता हूँ—अपने को खींचकर रुक जाता हूँ। ज़िन्दगी में जवाबदेही का लमहा एकदम किस तरह आ जाता है, जब हम उसकी बहुत कम प्रतीक्षा कर रहे होते हैं, जैसे वह हमारे लिए न हो, किसी दूसरे के लिए आया हो! दूसरे के लिए नहीं तो तीसरे के लिए, तीसरे के लिए नहीं तो चौथे, पाँचवें, छठे के लिए—चाहे जिसके लिए हो, हमारे लिए नहीं है। लेकिन वह है कि काँपते-चीख़ते हाथों से हमें पकड़ लेता है—किन्तु हम ताक़तवर हैं और अपने को छुड़ा लेते हैं और सोचते हैं, यह एक दुःस्वप्न है, जो अभी बीत जाएगा और आँखें खोलकर वही देख लेंगे, जो देखना चाहते हैं, जिसके हम आदी हैं, और फिर हम जवाबदेह नहीं रहेंगे, किसी के भी नहीं, किसी के प्रति भी नहीं...।

किसी के प्रति भी नहीं। मैं भागने लगता हूँ। भागने लगता हूँ और पीछे मुड़कर नहीं देखता। मेरे पीछे झाड़ी है और उसकी बीभत्स भुतैली हँसी, जो देर तक मेरा पीछा करती रही है, लहू के क़तरों की तरह मेरे भागते पैरों के पीछे टपकती रही है...।

उस रात मैं होटल नहीं जा सका। सारी रात शहर के शराबख़ानों के चक्कर काटता रहा। शराबियों के संग, उनके कन्धों में हाथ डालकर गाता रहा। जब मैं थककर एक शराबख़ाने में सो जाता, तो वे मुझे घसीटकर बाहर सड़क पर फेंक देते और फिर कुछ देर बाद दूसरे शराबी मुझे अपने संग किसी अन्य शराबख़ाने में ले जाते और मैं इस तरह बारी-बारी सोता, जागता, गाता, घिसटता हुआ समूचे शहर की अँधेरी गलियों में घूमता रहा।

आप विश्वास करें, आज तक मैंने कभी आत्महत्या के बारे में नहीं सोचा—मेरा मतलब है, अपनी आत्महत्या के बारे में—वैसे एक बौद्धिक समस्या के रूप में अवश्य दोस्तों से बात की है, कभी-कभी एक अजीब-सा विचार तंग करने लगता है। सोचता हूँ, यदि उस रात कोशिश करता तो शायद कर सकता था...।

जैसा आप देखते हैं, मैंने उस रात आत्महत्या नहीं की। उसके बाद भी नहीं। लेकिन यह जानते हुए भी कि मैं ज़िन्दा हूँ, पतझड़ की उस शाम के बाद अक्सर शंका होने लगती है कि मरने के लिए आत्महत्या बहुत ज़रूरी नहीं है...।

दूसरे दिन सुबह मैं वह शहर हमेशा के लिए छोड़कर आगे चला गया।

दहलीज़

पिछली रात रूनी को लगा कि इतने बरसों बाद कोई पुराना सपना धीमे क़दमों से उसके पास चला आया है, वही बँगला था, अलग कोने में पत्तों से घिरा हुआ...वह धीरे-धीरे फाटक के भीतर घुसी है...मौन की अथाह गहराई में लॉन डूबा है...शुरू मार्च की बसन्ती हवा घास को सिहरा-सहला जाती है...बहुत बरसों पहले के एक रिकॉर्ड की धुन छतरी के नीचे से आ रही है...ताश के पत्ते घास पर बिखरे हैं...लगता है, जैसे शम्मी भाई अभी खिलखिलाकर हँस देंगे और आपा (बरसों पहले, जिनका नाम जेली था) बँगले के पिछवाड़े क्यारियों को खोदती हुई पूछेगी—रूनी, ज़रा मेरे हाथों को तो देख, कितने लाल हो गए हैं!

इतने बरसों बाद रूनी को लगा कि वह बँगले के सामने खड़ी है और सबकुछ वैसा ही है, जैसा कभी बरसों पहले, मार्च के एक दिन की तरह था...कुछ भी नहीं बदला, वही बँगला है, मार्च की ख़ुश्क, गरम हवा साँय-साँय करती चली आ रही है, सूनी-सी दुपहर को परदे

के रिंग धीमे-धीमे खनखना जाते हैं...और वह घास पर लेटी है...बस, अब अगर मैं मर जाऊँ, उसने उस घड़ी सोचा था।

लेकिन वह दुपहर ऐसी न थी कि केवल चाहने-भर से कोई मर जाता। लॉन के कोने में तीन पेड़ों का झुरमुट था, ऊपर की फुनगियाँ एक-दूसरे से बार-बार उलझ जाती थीं। हवा चलने से उनके बीच आकाश की नीली फाँक कभी मुँद जाती थी, कभी खुल जाती थी। बँगले की छत पर लगे एरियल-पोल के तार को देखो, (देखो तो घास पर लेटकर अधमुँदी आँखों से रूनी ऐसे ही देखती है) तो लगता है, कैसे वह हिल रहा है हौले-हौले... अनझिप आँखों से देखो, (पलक बिलकुल न मूँदो, चाहे आँखों में आँसू भर जाएँ तो भी...रूनी ऐसे ही देखती है) तो लगता है, जैसे तार बीच में से कटता जा रहा है और दो कटे हुए तारों के बीच आकाश की नीली फाँक आँसू की सतह पर हल्के-हल्के तैरने लगती है...।

हर शनिवार की प्रतीक्षा हफ़्ते-भर की जाती है।...वह जेली को अपने स्टाम्प-एल्बम के पन्ने खोलकर दिखलाती है और जेली अपनी किताब से आँखें उठाकर पूछती है—अर्जेंटाइना कहाँ है? सुमात्रा कहाँ है?...वह जेली के प्रश्नों के पीछे फैली हुई असीम दूरियों के धूमिल छोर पर आ खड़ी होती है।...हर रोज़ नये-नये देशों के टिकटों से एल्बम के पन्ने भरते जाते हैं, और जब शनिवार की दुपहर को शम्मी भाई होस्टल से आते हैं, तो जेली कुर्सी से उठ खड़ी होती है, उसकी आँखों में एक घुली-घुली-सी ज्योति निखर आती है और वह रूनी के कन्धे झिंझोड़कर कहती है—जा, ज़रा भीतर से ग्रामोफ़ोन तो ले आ।

रूनी क्षण-भर रुकती है, वह जाए या वहीं खड़ी रहे? जेली उसकी बड़ी बहन है, उसके और जेली के बीच बहुत-से वर्षों का सूना, लम्बा फ़ासला है। उस फ़ासले के दूसरे छोर पर जेली है, शम्मी भाई हैं, वह उन दोनों में से किसी को नहीं छू सकती। वे दोनों उससे अलग जीते हैं।...ग्रामोफ़ोन महज़ एक बहाना है, उसे भेजकर जेली शम्मी भाई के

संग अकेली रह जाएगी और तब...रूनी घास पर भाग रही है बँगले की तरफ़...पीली रोशनी में भीगी घास के तिनकों पर रेंगती हरी, गुलाबी धूप और दिल की धड़कन, हवा, दूर की हवा के मटियाले पंख एरियल-पोल को सहला जाते हैं सर्र-सर्र, और गिरती हुई लहरों की तरह झाड़ियाँ झुक जाती हैं। आँखों से फिसलकर वह बूँद पलकों की छाँह में काँपती है, जैसे वह दिल की धड़कन है, जो पानी में उतर आई है।

शम्मी भाई जब होस्टल से आते हैं, तो वे सब उस शाम लॉन के बीचोबीच कैनवस की पैराशूटनुमा छतरी के नीचे बैठते हैं। ग्रामोफ़ोन पुराने ज़माने का है। शम्मी भाई हर रिकॉर्ड के बाद चाभी देते हैं, जेली सुई बदलती है और वह, रूनी चुपचाप चाय पीती रहती है। जब कभी हवा का कोई तेज़ झोंका आता है, तो छतरी धीरे-धीरे डोलने लगती है, उसकी छाया चाय के बर्तनों, टीकोज़ी और जेली के सुनहरे बालों को हल्के-से बुहार जाती है और रूनी को लगता है कि किसी दिन हवा का इतना ज़बरदस्त झोंका आएगा कि छतरी धड़ाम से नीचे आ गिरेगी और वे तीनों उसके नीचे दब मरेंगे।

शम्मी भाई जब अपने होस्टल की बातें बताते हैं, तो वह और जेली विस्मय और कौतूहल से टुकुर-टुकुर उनके चेहरे, उनके हिलते हुए होंठों को निहारती हैं। रिश्ते में शम्मी भाई चाहे उनके कोई न लगते हों किन्तु उनसे जान-पहचान इतनी पुरानी है कि अपने-पराये का अन्तर कभी उनके बीच आया हो, याद नहीं पड़ता। होस्टल में जाने से पहले जब वह इस शहर में आए थे, तो अब्बा के कहने पर कुछ दिन उन्हीं के घर रहे थे। अब कभी वह शनिवार को उनके घर आते हैं, तो अपने संग जेली के लिए यूनिवर्सिटी लाइब्रेरी से अंग्रेज़ी के उपन्यास और अपने मित्रों से माँगकर कुछ रिकॉर्ड लाना नहीं भूलते।

आज इतने बरसों बाद भी जब उसे शम्मी भाई के दिये हुए अजीब-ग़रीब नाम याद आते हैं, तो हँसी आए बिना नहीं रहती।

उनकी नौकरानी मेहरू के नाम को चार चाँद लगाकर शम्मी भाई ने उसे कब सदियों पहले की सुकुमार शहज़ादी मेहरुन्निसा बना दिया, कोई नहीं जानता। वह रेहाना से रूनी हो गई और आपा पहले बेबी बनी, उसके बाद जेली आइसक्रीम और आख़िर में बेचारी सिर्फ़ जेली बनकर रह गई। शम्मी भाई के नाम इतने बरसों बाद भी, लॉन की घास और बँगले की दीवारों से लिपटी बेल-लताओं की तरह, चिरन्तन और अमर हैं।

ग्रामोफ़ोन के घूमते हुए तवे पर फूल-पत्तियाँ उग आती हैं, एक आवाज़ उन्हें अपने नरम, नंगे हाथों से पकड़कर हवा में बिखेर देती है, संगीत के सुर झाड़ियों में हवा से खेलते हैं, घास के नीचे सोई हुई भूरी मिट्टी पर तितली का नन्हा-सा दिल धड़कता है...मिट्टी और घास के बीच हवा का घोंसला काँपता है...काँपता है...और ताश के पत्तों पर जेली और शम्मी भाई के सिर झुकते हैं, उठते हैं, मानो वे दोनों चार आँखों से घिरी साँवली झील में एक-दूसरे की छायाएँ देख रहे हों।

और शम्मी भाई जो बात कहते हैं, उस पर विश्वास करना, न करना कोई माने नहीं रखता। उनके सामने जैसे सबकुछ छूट जाता है, सबकुछ खो जाता है...और कुछ ऐसी चीज़ें हैं, जो चुप रहती हैं और जिन्हें जब रूनी रात को सोने से पहले सोचती है, तो लगता है कि कहीं एक गहरा, धुँधला-सा गड्ढा है, जिसके भीतर वह फिसलते-फिसलते बच जाती है, और नहीं गिरती है तो मोह रह जाता है न गिरने का।... और जेली पर रोना आता है, ग़ुस्सा आता है। जेली में क्या-कुछ है कि शम्मी भाई जो उसमें देखते हैं, वह रूनी में नहीं देखते? और जब शम्मी भाई जेली के संग रिकॉर्ड बजाते हैं, ताश खेलते हैं, (मेज़ के नीचे अपना पाँव उसके पाँव पर रख देते हैं) तो वह अपने कमरे की खिड़की के परदे के परे चुपचाप उन्हें देखती रहती है, जहाँ एक अजीब-सी मायावी रहस्यमयता में डूबा, झिलमिल-सा सपना है और परदे को खोलकर पीछे देखना, यह क्या कभी नहीं हो पाएगा?

मेरा भी एक रहस्य है जो ये नहीं जानते, कोई नहीं जानता। रूनी ने आँखें मूँदकर सोचा, मैं चाहूँ तो कभी भी मर सकती हूँ, उन तीन पेड़ों के झुरमुट के पीछे, ठंडी गीली घास पर, जहाँ से हवा में डोलता हुआ एरियल-पोल दिखाई देता है।

हवा में उड़ती हुई शम्मी भाई की टाई...उनका हाथ, जिसकी हर अँगुली के नीचे कोमल-सफ़ेद खाल पर लाल-लाल-से गड्ढे उभर आए थे, छोटे-छोटे चाँद-से गड्ढे, जिन्हें अगर छुओ, मुट्ठी में भींचो, हल्के-हल्के से सहलाओ, तो कैसा लगेगा? सच कैसा लगेगा? किन्तु शम्मी भाई को नहीं मालूम कि वह उनके हाथ को देख रही है, हवा में उड़ती हुई उनकी टाई, उनकी झिपझिपाती आँखों को देख रही है।

ऐसा क्यों लगता है कि एक अपरिचित डर की खट्टी-खट्टी-सी ख़ुशबू उसे अपने में धीरे-धीरे घेर रही है, उसके शरीर के एक-एक अंग की गाँठ खुलती जा रही है, मन रुक जाता है और लगता है कि लॉन से बाहर निकलकर वह धरती के अन्तिम छोर तक आ गई है और उसके परे केवल दिल की धड़कन है, जिसे सुनकर उसका सिर चकराने लगता है (क्या उसके संग ही यह होता है, या जेली के संग भी?)

"तुम्हारी एल्बम कहाँ है?" शम्मी भाई धीरे-से उसके सामने आकर खड़े हो गए। उसने घबराकर शम्मी भाई की ओर देखा। वह मुस्करा रहे थे।

"जानती हो, इसमें क्या है?" शम्मी भाई ने उसके कन्धे पर हाथ रख दिया।

रूनी का दिल धौंकनी की तरह धड़कने लगा। शायद शम्मी भाई वही बात कहनेवाले हैं, जिसे वह अकेले में, रात को सोने से पहले कई बार मन-ही-मन सोच चुकी है। शायद इस लिफ़ाफ़े के भीतर एक पत्र है, जो शम्मी भाई ने चुपके से उसके लिए—केवल उसके लिए लिखा है। उसकी गर्दन के नीचे फ़्रॉक के भीतर से ऊपर उठती हुई कच्ची-सी गोलाइयों में मीठी-मीठी-सी सुइयाँ चुभ रही हैं, मानो शम्मी भाई की

आवाज़ ने उसकी नंगी पसलियों को हौले-से उमेठ दिया हो! उसे लगा, चाय की केतली की टीकोज़ी पर जो लाल-नीली मछलियाँ काढ़ी गई हैं, वे अभी उछलकर हवा में तैरने लगेंगी और शम्मी भाई सबकुछ समझ जाएँगे...उनसे कुछ भी न छिपा रहेगा।

शम्मी भाई ने वह नीला लिफ़ाफ़ा मेज़ पर रख दिया और उसमें से टिकट निकालकर मेज़ पर बिखेर दिये।

"ये तुम्हारी एल्बम के लिए हैं..."

वह एकाएक कुछ समझ नहीं सकी। उसे लगा, जैसे उसके गले में कुछ फँस गया है और उसकी पहली और दूसरी साँस के बीच एक ख़ाली अँधेरी खाई खुलती जा रही है...।

जेली, जो माली के फावड़े से क्यारी खोदने में जुटी थी, उनके पास आकर खड़ी हो गई और अपनी हथेली हवा में फैलाकर बोली, "देख, रूनी, मेरे हाथ कितने लाल हो गए हैं!"

रूनी ने अपना मुँह फेर लिया।...वह रोएगी, बिलकुल रोएगी, चाहे जो कुछ हो जाए...।

चाय ख़त्म हो गई थी। मेहरुन्निसा ताश और ग्रामोफ़ोन भीतर ले गई और जाते-जाते कह गई कि अब्बा उन सबको भीतर आने के लिए कह रहे हैं। किन्तु रात होने में अभी देर थी, और शनिवार को इतनी जल्दी भीतर जाने के लिए किसी के मन में कोई उत्साह नहीं था। शम्मी भाई ने सुझाव दिया कि वे कुछ देर के लिए वाटर रिज़र्वायर तक घूमने चलें। उस प्रस्ताव पर किसी को कोई आपत्ति नहीं थी। और वे कुछ ही मिनटों में बँगले की सीमा पार करके मैदान की ऊबड़-खाबड़ ज़मीन पर चलने लगे।

चारों ओर दूर-दूर तक भूरी-सूखी मिट्टी के ऊँचे-नीचे टीलों और दूहों के बीच बेरों की झाड़ियाँ थीं। छोटी-छोटी चट्टानों के बीच सूखी घास उग आई थी। सड़ते हुए पीले पत्तों से एक अजीब, नशीली-सी, बोझिल, कसैली गन्ध आ रही थी। धूप की मैली तहों पर बिखरी-बिखरी-सी हवा थी।

शम्मी भाई सहसा चलते-चलते ठिठक गए।

"रूनी कहाँ है?"

"अभी तो हमारे आगे-आगे चल रही थी," जेली ने कहा। उसकी साँस ऊपर चढ़ती है और बीच में ही टूट जाती है।

दोनों की आँखें मैदान के चारों ओर घूमती हैं...मिट्टी के ढूहों पर पीली धूल उड़ती है।...लेकिन रूनी वहाँ नहीं है, बेर की सूखी, मटियाली झाड़ियाँ हवा में सरसराती हैं, लेकिन रूनी वहाँ नहीं है।... पीछे मुड़कर देखो, तो पगडंडियों के पीछे पेड़ों के झुरमुट में बँगला छिप गया है, लॉन की छतरी छिप गई है...केवल उनके शिखरों के पत्ते दिखाई देते हैं, और दूर ऊपर फुनगियों का हरापन सफ़ेद चाँदी में पिघलने लगा है। धूप की सफ़ेदी पत्तों से चाँदी की बूँदों-सी टपक रही है।

वे दोनों चुप हैं...शम्मी भाई पेड़ की टहनी से पत्थरों के इर्द-गिर्द टेढ़ी-मेढ़ी आकृतियाँ खींच रहे हैं। जेली एक बड़े-से चौकोर पत्थर पर रूमाल बिछाकर बैठ गई है। दूर मैदान के किसी छोर से स्टोन-कटर मशीन का घरघराता स्वर सफ़ेद हवा में तिरता आता है—मुलायम रूई में ढकी हुई आवाज़ की तरह, जिसके नुकीले कोने झर गए हैं।

"तुम्हें यहाँ आना बुरा तो नहीं लगता?" शम्मी भाई ने धरती पर सिर झुकाए धीमे स्वर में पूछा।

"तुम झूठ बोले थे," जेली ने कहा।

"कैसा झूठ, जेली?"

"तुमने बेचारी रूनी को बहकाया था, अब वह न जाने कहाँ हमें ढूँढ़ रही होगी!"

"वह वाटर रिज़र्वायर की ओर गई होगी, कुछ ही देर में वापस आ जाएगी।" शम्मी भाई उसकी ओर पीठ मोड़े टहनी से धरती पर कुछ लिख रहे हैं।

जेली की आँखों पर एक छोटा-सा बादल उमड़ आया है—क्या आज शाम कुछ नहीं होगा? क्या ज़िन्दगी में कभी कुछ नहीं होगा? उसका दिल रबर के छल्ले की मानिन्द खिंचता जा रहा है...खिंचता जा रहा है।

"शम्मी!...तुम यहाँ मेरे संग क्यों आए?" और वह बीच में ही रुक गई। उसकी पलकों पर रह-रहकर एक नरम-सी आहट होती है और वे मुँद जाती हैं, अँगुलियाँ स्वयं-चालित-सी मुट्ठी में भिंच जाती हैं, फिर अवश-सी आप-ही-आप खुल जाती हैं।

"जेली, सुनो... "

शम्मी भाई जिस टहनी से ज़मीन को कुरेद रहे थे, वह टहनी काँप रही है। शम्मी भाई के इन दो शब्दों के बीच कितने पत्थर हैं—बरसों, सदियों के पुराने, ख़ामोश पत्थर, कितनी उदास हवा है और मार्च की धूप है, जो इतने बरसों बाद इस शाम को उनके पास आई है और फिर कभी नहीं लौटेगी।...शम्मी भाई, प्लीज़!...प्लीज़!...जो कुछ कहना है, अभी कह डालो, इसी क्षण कह डालो! क्या आज शाम कुछ नहीं होगा? क्या ज़िन्दगी में कभी कुछ नहीं होगा?

वे बँगले की तरफ़ चलने लगे—ऊबड़-खाबड़ धरती पर उनकी ख़ामोश छायाएँ ढलती हुई धूप में सिमटने लगीं।...ठहरो! बेर की झाड़ियों के पीछे छिपी हुई रूनी के होंठ फड़क उठे, ठहरो...एक क्षण! लाल-भुरभुरे पत्तों की ओट में भूला हुआ सपना झाँकता है, गुनगुनी-सी सफ़ेद हवा, मार्च की पीली धूप, बहुत दिन पहले सुने हुए रिकॉर्ड की जानी-पहचानी ट्यून, जो चारों ओर फैली घास के तिनकों पर बिछल गई है...सबकुछ इन दो शब्दों पर थिर हो गया है, जिन्हें शम्मी भाई ने टहनी से धूल कुरेदते हुए धरती पर लिख दिया था, 'जेली...लव'।

जेली ने उन शब्दों को नहीं देखा। इतने बरसों बाद आज भी जेली को नहीं मालूम कि उस शाम शम्मी भाई ने काँपती टहनी से जेली के पैरों के पास क्या लिख दिया था। आज इतने लम्बे अर्से बाद समय

की धूल इन शब्दों पर जम गई है।...शम्मी भाई, वह और जेली तीनों एक-दूसरे से दूर दुनिया के अलग-अलग कोनों में चले गए हैं, किन्तु आज भी रूनी को लगता है कि मार्च की उस शाम की तरह वह बेर की झाड़ियों के पीछे छिपी खड़ी है, (शम्मी भाई समझे थे कि वह वाटर-रिज़र्वायर की ओर चली गई थी) किन्तु वह सारे समय झाड़ियों के पीछे साँस रोके, निस्पन्द आँखों से उन्हें देखती रही थी, उस पत्थर को देखती रही थी, जिस पर कुछ देर पहले तक शम्मी भाई और जेली बैठे थे।...आँसुओं के पीछे से सबकुछ धुँधला-धुँधला-सा हो जाता है... शम्मी भाई का काँपता हाथ, जेली की अधमुँदी-सी आँखें, क्या वह उन दोनों की दुनिया में कभी प्रवेश नहीं कर पाएगी?

कहीं सहमा-सा जल है और उसकी छाया है, उसने अपने को देखा है, और आँखें मूँद ली हैं। उस शाम की धूप के परे एक हल्का-सा दर्द है, आकाश के उस नीले टुकड़े की तरह, जो आँसू के एक क़तरे में ढरक आया था। इस शाम से परे बरसों तक स्मृति का उद्भ्रान्त पाखी किसी सूनी घड़ी में ढकी हुई उस धूल पर मँडराता रहेगा, जहाँ केवल इतना-भर लिखा है, 'जेली...लव'।

उस रात जब उनकी नौकरानी मेहरुन्निसा छोटी बीवी के कमरे में गई तो स्तम्भित-सी खड़ी रह गई। उसने रूनी को पहले कभी ऐसा न देखा था।

"छोटी बीबी, आज अभी से सो गईं?" मेहरू ने बिस्तर के पास आकर कहा।

रूनी चुपचाप आँखें मूँदे लेटी है। मेहरू और पास खिसक आई। धीरे-से उसके माथे को सहलाया, "छोटी बीबी, क्या बात है?"

और तब रूनी ने अपनी पलकें उठा लीं, छत की ओर एक लम्बे क्षण तक देखती रही, उसके पीले चेहरे पर एक रेखा खिंच आई...मानो वह एक दहलीज़ हो, जिसके पीछे बचपन सदा के लिए छूट गया हो...।

"मेहरू,...बत्ती बुझा दे," उसने संयत, निर्विकार स्वर में क़हा। "देखती नहीं, मैं मर गई हूँ!"

लन्दन की एक रात

मैं दूसरी बार वहाँ गया था। पहली रात देर से पहुँचा था। जाने से पहले ही सारा काम बँट चुका था। मैं फिर भी अनिश्चित-सा गेट के बाहर खड़ा था। सोच रहा था, शायद आख़िरी क्षण उन्हें किसी आदमी की ज़रूरत पड़ेगी और वे मुझे बुला लेंगे। देर तक धड़धड़ाती मशीनों के भीतर सोडे की बोतलों का स्वर सुनाई दे रहा था। हममें से जिन्हें काम मिल गया था, वे जल्दी-जल्दी अपने सूट उतारकर काम के कपड़े पहन रहे थे।

बाहर दालान में बोतलें थीं—फीकी चाँदनी में चमकती हुई, एक के ऊपर दूसरी—सिलसिलेवार, फैक्टरी की दीवार से सटी हुई। दूर से देखने पर लगता था, जैसे काँच के किसी लम्बे टीले पर बहुत-सी बिल्लियाँ एक-दूसरे का गला पकड़े बैठी हों!

मैं खड़ा रहा। फिर कुछ देर बाद एक अंग्रेज़ सज्जन मेरे पास आए, "तुम अभी तक खड़े हो?...मैंने कहा न, आज कुछ भी नहीं है।" उसने अपना हाथ मेरे कन्धे पर रख दिया।

"नहीं, मैं सिर्फ़ देख रहा था।" मैंने धीरे-से उसका हाथ अपने कन्धे से अलग कर दिया।

"कल पन्द्रह मिनट पहले आ जाना। अगर कुछ लोग कल नहीं आए, तो तुम्हें ले लिया जाएगा। गुड नाइट।" और वह चला गया।

यह दूसरी रात थी। ट्यूब-स्टेशन की सीढ़ियाँ चढ़कर ऊपर आया, तो देखा, कल की चाँदनी आज पूरी तरह निखरकर फैली है। दूर मिल की चिमनियों के बीच लन्दन का धूमिल आकाश सिमट आया था।

मुझे दुबारा रास्ता टटोलना पड़ा। मैं उन सड़कों पर दुबारा चलने लगा, जिन पर कल चला था, जो अब परिचित थीं, किन्तु चाँदनी में अजीब-सी, अजानी दिखाई दे रही थीं।

किन्तु नॉर्थ एक्टन से ज़रा आगे चलकर मेरे पाँव ख़ुद-ब-ख़ुद ठिठक गए। सोचा था, आज मैं जल्दी आ गया हूँ और गेट पर मेरे अलावा कोई दूसरा नहीं होगा। किन्तु मेरा अनुमान सही न था। वहाँ पहले से ही बीस-पच्चीस बेरोज़गार युवकों की भीड़ जमा थी। अंग्रेज़ लड़के, कुछ छात्र, जो देखने में बर्मी जान पड़ते थे, दक्षिणी अफ्रीका और वेस्ट इंडीज़ के नीग्रो—सब अलग-अलग गुच्छों में खड़े थे। सबकी आँखें गेट पर टिकी थीं। कुछ के चेहरे जाने-पहचाने लगते थे। उन्हें शायद कल रात देखा था। उन सबकी आँखें मुझ पर उठ आईं, ख़ामोश और तनी हुई। मुझे लगा, जैसे उस ख़ामोशी में एक अजीब-सा भय उभर आया है—मेरे प्रति उतना नहीं जितना उस अज्ञात नियति के प्रति, जिसका निर्णय अगले चन्द लमहों में होनेवाला था।

मैं भी उनके संग एक कोने में खड़ा रहा—उनसे डरता हुआ, फिर भी उनसे बँधा हुआ।

पौने नौ के क़रीब मैनेजर हमारे पास आए। मुझे तनिक निराशा हुई। वह कलवाले सज्जन नहीं थे, जिन्होंने मेरे कन्धे पर हाथ रखा था। उनके हाथ में काग़ज़ का एक पुरज़ा था। हम सब उनके पास खिसक आए—

चिड़ियाघर के उन मूक, निरीह जन्तुओं की भाँति, जो कुछ भी पाने के लालच से यंत्र-चालित गति में सींखचों के पास घिसटते आते हैं। एक क्षण के लिए उन्होंने हमें देखा। हमारे खुले, नंगे, भावहीन चेहरे उन्हें अजीब-से भयावह लगे होंगे, क्योंकि उन्होंने अपनी आँखें जल्दी ही काग़ज़ पर झुका लीं और तेज़ी से एक के बाद एक नाम पढ़ने लगे।

वे सब लोग छाँट लिये गए, जिन्होंने पिछली रात काम किया था। उनके अलावा सिर्फ़ तीन और लड़कों को चुना गया—दो लावारिस-से दीखनेवाले अंग्रेज़ युवक और एक दक्षिणी अफ़्रीका का विद्यार्थी, जो सबसे आगे खड़ा था और बार-बार झुककर मैनेजर के कानों में कुछ फुसफुसा देता था।

"आज इतना ही," उन्होंने सहानुभूतिपूर्ण भाव से हमारी ओर देखा, "आप लोग कल आइए, शायद कुछ आदमियों की ज़रूरत पड़ेगी।"

भीड़ में से तीन-चार युवकों ने आगे बढ़कर उनसे बहस करने की कोशिश की, किन्तु उन्होंने बहुत असहाय भाव से अपने हाथ हिला दिये और मुस्कराती आँखों से हमारी ओर देखते हुए भीतर चले गए।

हमारी प्रतीक्षा का अन्त आ पहुँचा है, इसे जानते हुए भी हममें से कोई उस पर विश्वास नहीं कर सका। मैनेजर के जाने के बाद भी हममें से कोई अपनी जगह से नहीं हिला। लगता था, जैसे पिछले तीन मिनटों में जो-कुछ भी घटा-बढ़ा है, वह अभी अपूर्ण है—एक ऐसा अवास्तविक तथ्य, जिसका शायद हमसे कोई वास्ता नहीं। अभी कुछ ऐसा है, जो बाक़ी है, जो प्रतीक्षा के बाद भी अपने दरवाज़े खुले रखता है। हममें से बहुत-से ऐसे थे जो ट्यूब में तीन या चार शिलिंग का टिकट लेकर लन्दन के सुदूर कोनों से यहाँ आए थे। हम सबके हाथों में एक-एक थैला था, जिसमें हमने रात की ड्यूटी के कपड़े और खाने का सामान बाँध रखा था। हममें से किसी के लिए भी यह विश्वास करना कठिन था कि हमें अगली ट्यूब से वापस लौट जाना होगा।

पाइप से निकलता गुनगुना पानी, चाँदनी में झिलमिलाते कीचड़ के गढ़े, यहाँ तक कि नाली में पड़ी एक ख़ाली बोतल हमें काफ़ी अप्रासंगिक और बेतुके-से जान पड़े—हम शायद यह भी भूल गए कि हम यहाँ किसलिए आए थे। चन्द लमहों पहले जो नौकरी न मिलने का दुःख था, अब वह सिर्फ़ एक बेडौल, विकृत बोझ-सा हमारी टाँगों के इर्द-गिर्द लिपट गया था, जिसे हमें दुबारा घर तक घसीट ले जाना होगा।

उस क्षण भूख और निराशा के बावजूद हमारे मन में कहीं भी कोई खीझ या कटुता नहीं थी।

किन्तु कुछ लमहों के लिए ही। सहसा वह मायावी क्षण टूट गया। हम फिर वापस अपने-अपने में लौट आए। एक लम्बी, बोझिल-सी साँस उस अदृश्य, बेडौल भीड़ के ऊपर उठी और चन्द अश्लील, अनर्गल गालियों में खो गई। एक-दूसरे की देह की गन्ध—जिसे हम पास-पास खड़े सूँघ सकते थे, गालियों के बावजूद अपना सकते थे—अब अलग-अलग रास्तों पर छितराने लगी थी। केवल हम तीन व्यक्ति अब भी अहाते के भीतर अनिश्चित-सी मुद्रा में खड़े रहे। मेरे पीछे हल्की-सी सरसराहट हुई।

"ब्लडी-बास्टर्ड!" पहले व्यक्ति ने कुछ दबे, कुछ भर्राए-से स्वर में कहा। वह आगे बढ़ आया। भयभीत, आशंकित आँखों से चारों ओर देखा और फिर बोतल की टोकरियों के ढेर से सोडे की एक बोतल निकालकर पीने लगा। दूसरी बोतल उसने तीसरे व्यक्ति के हाथ में ज़बरदस्ती पकड़ा दी, "पियो यार, उन सालों को कुछ भी पता नहीं चलेगा!"

तीसरा व्यक्ति, जो कम उम्र का नीग्रो छात्र-सा दीखता था, बोतल लेने में झिझक रहा था, किन्तु फिर न जाने क्या सोचकर उसने अपने सिर को हल्का-सा झटका दिया और एक दूध-पीते शिशु की तरह बोतल को दोनों हाथों से पकड़कर होंठों से लगा लिया। एक लम्बा घूँट लेकर उसने नंगी बाँह से अपना मुँह पोंछा और बोतल मेरे सामने कर दी।

"यह तीसरी बार है जब यहाँ मैं आया हूँ। कल जिस बाबू ने काम देने का वायदा किया था, आज वह दिखाई नहीं दिया।"

"कल भी ऐसा ही होगा। कोई नया बास्टर्ड आएगा और उसे पता नहीं चलेगा कि हम आज रात आए थे।"

"कल कौन आएगा—मैं तो इस तरफ़ झाँकूँगा भी नहीं। डैम दीज़..."

पहले व्यक्ति ने अपने ओवरकोट के बटन खोल दिये। इतनी गर्मी में ओवरकोट पहने था--इससे मुझे ख़ास आश्चर्य नहीं हुआ। उसका व्यक्तित्व कुछ ऐसे ढंग से ओवरकोट से जुड़ा था कि एक को दूसरे से अलग करना ही आश्चर्यजनक होता। वह एक लम्बा हृष्ट-पुष्ट युवक था, छोटी-सी 'गोरी' दाढ़ी थी, जिसके पीछे आँखें एक सूखी, तिक्त बौखलाहट में झपकती रहतीं। बौखलाहट भी नहीं, एक अजीब-सा नर्वस तनाव जो अक्सर शिकार किये जानेवाले जानवरों में मिलता है। हॉलीवुड के विलेन-सा उसका डीलडौल अँधेरे में किसी भी अजनबी को काफ़ी भयावह लग सकता था।

हम धीरे-धीरे क़दम बढ़ाते हुए नॉर्थ एक्टन के पुल पर आ गए थे। लन्दन की डबल-डैकर बस हमारे पास से गुज़र गई। अगस्त महीने के पीले-करारे पत्तों का रेला देर तक बस के पीछे भागता रहा।

तीसरा व्यक्ति, नीग्रो युवक, अब भी काफ़ी उदास था और चुपचाप सड़क पर आँखें झुकाए चल रहा था।

"लन्दन में कब से हो?" दाढ़ीवाले युवक ने (बाद में जिसने अपना नाम विली बताया था) नीग्रो के कन्धे पर हाथ रखकर पूछा।

वह चुप रहा।

"कहाँ से आए हो?"

"दक्षिण अफ़्रीका से...यहाँ पढ़ता हूँ।"

वह शायद बात को यहीं ख़त्म करना चाहता था। उसने जेब से सिगरेट का पैकेट निकाला और हम दोनों के आगे कर दिया।

हमने धन्यवाद देकर आँखें मोड़ लीं। यह उसकी आख़िरी सिगरेट थी और अपनी भूखी लालसा के बावजूद हममें इतनी शिष्टता बाक़ी थी कि उसे लेने से इनकार कर दें। किन्तु यह शिष्टाचार अधिक देर तक न चल सका। कुछ देर बाद हम तीनों उस सिगरेट को बारी-बारी से पी रहे थे।

सामने लन्दन की रात थी—बोझिल, गँदली, शान्त। वह शहर का एक उजाड़ कोना था और सड़क ख़ाली थी। ख़ाली, लेकिन वीरान नहीं। पत्तों की सरसराहट, पुराने मकानों की बासी गन्ध—लगता था, जैसे बीच में हम अनेक निष्प्राण चीज़ों को ठेलते हुए आगे बढ़ रहे हैं—हालाँकि बीच में हवा और लैम्प-पोस्ट के दायरों के अलावा कुछ भी न था...।

"तुम कहाँ जाओगे?"

"वारेन स्ट्रीट," उसने कहा, "पिछले दो दिनों से आ रहा हूँ। अब तक पाँच पॉप्स सिर्फ़ आने-जाने में ख़र्च हो गए। इतने पैसों से तो मैं टेनिस खेलने जा सकता था।"

उस समय टेनिस खेलने की चर्चा काफ़ी विचित्र जान पड़ी। उसके चेहरे से भ्रम होता था कि पिछले कई दिनों से उसे भर-पेट खाने को भी नहीं मिला है।

"मेरे दोस्त को काम मिल गया है," नीग्रो छात्र ने तनिक उत्साहपूर्वक कहा। "हम दोनों साथ रहते हैं। कल शायद वह मुझे कुछ शिलिंग उधार दे सकेगा।"

"डेम हिम—इफ़ ही डज़ंट!" विली ने अजीब खीझे स्वर में कहा। "मैं तो कल किसी हालत में नहीं आऊँगा।...प्लीज़, कम टुमारो!" मैनेजर की नकल उतारते हुए उसने मुँह सिकोड़ लिया, "टुमारो बि डैम्ड! तुम कल आओगे?" उसने पहली बार मेरी ओर उन्मुख होकर पूछा।

"शायद आऊँगा, "मैंने जान-बूझकर उसे कुछ अधिक खिझाने के लिए कहा। उसके इस समय 'कल' की बात करने से मुझे काफ़ी अफसोस हुआ था।

"साले कितना देते हैं?"

"ढाई पाउंड," नीग्रो छात्र ने कहा।

"हर सुबह?"

"हाँ, हर सुबह। आधी रात के समय चाय और सेंडविचेज़ भी देते हैं—मेरा दोस्त बता रहा था। कल मैं और वह संग आए थे। उसे ले लिया गया, मैं रह गया।"

"नीग्रो था?"

"नहीं, वह बर्मी है।"

"और आप?" विली ने सन्दिग्ध भाव से मेरी ओर देखा, जैसे अपनी नज़रों से मुझे तौल रहा हो, "आप क्या जापानी हैं?"

मैंने सिर हिला दिया। इतनी-सी बात पर उसका प्रतिवाद करना मुझे निरर्थक जान पड़ा।

कुछ देर तक हम चुपचाप ट्यूब स्टेशन की ओर चलते रहे। जब कभी गरम हवा का झोंका आता, हम सिहर जाते। तब हमारी भूख अपने सब पैबन्द तोड़कर उघड़ जाती। लगता, जैसे हवा लैम्प-पोस्ट के पीले, मद्धिम आलोक को तोड़ जाती हो, तोड़कर अपने संग बहा ले जाती हो...!

"गर्मी काफ़ी है...पिछले पाँच साल से ऐसी गर्मी नहीं देखी।"

"पिछले पाँच साल से लन्दन में हो?"

"शायद ज़्यादा...तब से कई काम कर चुका हूँ। अब ज़्यादा नहीं रहूँगा।"

"क्या वापस घर जाओगे?" विली ने पूछा।

"घर?" नीग्रो छात्र, जार्ज के स्वर में एक सूना-सा खोखलापन उभर आया, मानो 'घर' शब्द बहुत विचित्र हो, जैसे उसने पहली बार उसे सुना हो, "मैं चाहता था, यहीं रहूँ। लेकिन वे हमें चाहते नहीं।"

"वे...आह!" विली ने कहा।

'वे...?' अनायास हमने चारों ओर देखा। कोई भी न था, हालाँकि वे हर जगह हर समय हमारे संग थे। हमारे बाहर उतने ही, जितने भीतर...।

तुम यहीं थे, जब जारिंग हिल में फसाद हुआ?" विली के सफ़ेद दाँत चमक उठे।

"नहीं, तब मैं लन्दन नहीं आया था।"

"मैं वहीं रहता हूँ। तीन दिन तक एक अंग्रेज़ लड़की के घर छिपा रहा। जब वे एक-एक नीग्रो को चुनकर लिंच कर रहे थे, मैं उस सफ़ेद 'ह्नोर' के संग सोता रहा। उसने सोचा था, मैं उसे चाहता हूँ...लेकिन मैंने उसे उसके बाद देखा तक नहीं। उसे नहीं मालूम, मैं बदला ले रहा था...उसकी सफ़ेद चमड़ी के संग..." और उसने हाथ से इशारा किया, "अश्लील उतना नहीं, जितना जुगुप्सामय।"

दूर कारखानों के धुएँ के परे ट्यूब-स्टेशन की बत्तियाँ चमक रही थीं। लगता था, जैसे धरती का कोई टुकड़ा अचानक बीच में से फट गया हो और उसके नीचे से हीरों की चमचमाती झालर ऊपर निकल आई हो!

"तुम यहाँ पढ़ते हो?"

"हाँ...लेकिन गरमियों की छुट्टियों में काम करता हूँ। पहले डांस के लिए जाता था," जार्ज ने कहा। उसका स्वर भी काफ़ी उदास था, जैसे काम न मिलने का दु:ख अभी पूरी तरह न मिटा हो!

"कांटीनेंट में क्यों नहीं जाते, यार?" विली ने कहा, "मेरा एक दोस्त जर्मनी गया है, वहाँ नौकरियों की कमी नहीं। सुना है, वहाँ लड़कियाँ काले रंग के पीछे भागती हैं—सिर्फ़ इशारा करने की देर है।"

"शायद पिछली लड़ाई की वजह से," जार्ज ने कहा, "कुछ साल पहले मेरे फादर वहाँ गए थे। कहते थे, कहीं आदमी नज़र नहीं आता। हर तरफ़ औरतें..."

"ओह, हाउ आई विश फ़ार एनदर वार...एनदर एंड देन एनदर!" विली ने कहा।

जार्ज ने आश्चर्य से विली की ओर देखा, फिर मेरी ओर। वह शायद कुछ कहना चाहता था, किन्तु फिर कुछ सोचकर उसने सिर्फ़ सिर हिला दिया। कहा कुछ भी नहीं।

और शायद यह ठीक भी था। लन्दन की उस ख़ामोश गरम रात में 'वार' बहुत दूर की चीज़ लगती थी—अर्थहीन और हास्यास्पद। उस पर बहस करना कोई भी मानी नहीं रखता था। हुआ भी यही। हम बहुत जल्द विली की बात को भूल गए। उसके बाद हम देर तक अलग-अलग देशों की लड़कियों के बारे में बातें करते रहे। लगता था, जैसे पुरानी भूख के भीतर से एकाएक नई भूख जाग गई हो!

मैं स्पेन जाना चाहता था। उधर की लड़कियाँ...आह! पैशन! लेकिन सालों ने वीसा नहीं दिया। अपने देश की कुँवारियों की वर्जिनिटी का उन्हें बहुत ख़याल है!

'स्पेन?'—किसी ने जैसे कुछ बहुत पुरानी राख कुरेद दी हो।

"तुम गए हो?"

"मैं जाना चाहता था—बहुत पहले।"

"सिविल वार में?"

"तब मैं बहुत छोटा था।"

"सिविल वार हमारे देश में शायद..." और जार्ज अचानक चुप हो गया। उसके घुँघराले बालों पर पसीने की बूँदें चमक रही थीं।

"आई डोंट लाइक सिविल वार," विली ने कहा।

हमारी बात फिर वहीं आ अटकी थी—बैगाटेल की उस गोली की तरह, जो चारों ओर घूम-फिरकर एक ही छेद में आ फँसती है। हमारा उससे कोई वास्ता नहीं था। वह लन्दन की बहुत ख़ामोश और गरम रात थी और वार बहुत दूर की चीज़ लगती थी...।

रास्ते के दाईं ओर एक पुरानी टेबर्न से हँसी और संगीत का मिला-जुला स्वर बह आता था। टेबर्न के पीछे गली-गली के अँधेरे कोने

में दो छायाएँ—एक-दूसरे से लिपटी हुई—बार-बार हिल उठती थीं। ऊपर उठी हुई स्कर्ट के नीचे एक सुडौल नंगी टाँग रह-रहकर काँप जाती थी और फिर टटोलते हुए विह्वल हाथों के नीचे भिंच जाती थी।

"चलो, कुछ बियर पी जाए। बिना कुछ पिए मैं ठीक से सो नहीं सकता," विली ने कहा।

मुझे हल्की-सी दुविधा हुई। मेरी जेब में आख़िरी दो शिलिंग पड़े थे, जो मैंने ट्यूब के लिए बचा रखे थे। जार्ज का हाल ज़्यादा बेहतर नहीं दिखाई दिया। विली के प्रस्ताव को सुना-अनसुना किये वह अँधेरे में सीटी बजा रहा था।

विली शायद समझ गया। जार्ज के कन्धे पर हाथ रखकर उसने कहा, "फिक्र की कोई बात नहीं। यहाँ के लोग मुझे जानते हैं—एक ज़माने में मैं यहाँ अक्सर आता था।"

जार्ज का उपेक्षा-भाव अचानक मिट गया, एक अजीब बचकानी-सी ख़ुशी चेहरे पर फैल गई।

"मैं थोड़ी-सी जिन लूँगा। आशा है, कल मेरा मित्र कुछ शिलिंग उधार दे सकेगा।"

हमारे पाँव पब की ओर मुड़ गए।

दरवाज़ा खोलते ही आवाज़ों के एक गरम उफनते रेले ने हमें अपने में समेट लिया—धुएँ में गुँथती, उलझती, एक-दूसरी को छीलती आवाज़ें, जो कहीं निस्तार न पाकर गँदले, उबलते पानी की तरह एक ही गड्ढे में इकट्ठी होती गई थीं। रोशनी थी, मद्धिम, धुएँ के घेरे में घिरी, जिसमें किसी एक चेहरे को पहचानना, उसे दूसरे से अलग कर पाना असम्भव था।

नीचे बेसमेंट था, कुछ सीढ़ियाँ उतरकर। कभी-कभार नाचते हुए जोड़ों की छायाएँ ज़ीने पर गिर जाती थीं। कभी बेडौल और लम्बी, कभी इतनी छोटी कि लगता, जैसे पारदर्शी जल-तले मछलियाँ ऊपर उठती हों और दूसरे क्षण ही डूब जाती हों!

हम कोने की मेज़ के इर्द-गिर्द बैठ गए। विली कुछ देर बाद बियर की तीन बोतलें और गिलास ले आया। हम पीने लगे।

"पहले मैं यहाँ काम करता था। कुछ महीने रहा, फिर मन ऊब गया। इस पब का मालिक इटैलियन है। बुरा नहीं है, लेकिन डरता बहुत है। इस तरफ़ आया तो तुमसे मिलवाऊँगा," विली ने कहा।

"काफ़ी टिप मिलता होगा?"

"अंग्रेज़ ज़्यादा नहीं देते। बहुत हुआ तो एक छः पेनी। लेकिन कांटीनेंट से जो टूरिस्ट आते हैं, उनकी बात दूसरी है। दिल उनका खुला होता है, लेकिन बेवक़ूफ़ वे भी होते हैं।"

"मुझे अब कोई भी काम मिल जाए, मैं कर लूँगा," जार्ज ने कहा।

भीतर की गाँठों-बीच बियर ने रास्ता बनाया है—जहाँ पहले बन्द सींकचा था, अब वहाँ फड़फड़ाते पंख हैं—उड़ने को आतुर।

"मैं अब ज़्यादा दिन यहाँ नहीं रहूँगा," विली ने कहा, "मेरा दोस्त जर्मनी में है। हो सका, तो एक दिन वहाँ जाऊँगा।" विली ने गिलास ख़तम कर दिया। फिर उसे मेज़ पर उलटा कर दिया, एक भी बूँद नहीं गिरी। बियर का झाग दाढ़ी पर छितर आया था, जैसे रेत के कण हों—गीले और सफ़ेद!

"मैं जर्मनों को नहीं सहन कर सकता," जार्ज ने कहा।

"देयर इज़ रियल लाइफ़! हर कोने पर जवान लड़कियाँ खड़ी रहती हैं," विली ने कहा।

"मैं जर्मनों को सहन नहीं कर सकता," जार्ज ने फिर कहा।

मैं हँसने लगा।

जार्ज ने मेरी ओर देखा। उसकी आँखें बहुत निरीह-सी हो आई थीं।

"सब लोग एक-जैसे ही हैं," विली ने कहा।

"लेकिन वे लोग..." जार्ज ने इशारा किया—बाहर की ओर, दरवाज़े के बाहर, जहाँ महज़ अँधेरा था।

"वे लोग भी...तुम सिर्फ़ डरते हो," विली ने कहा।

एक पल के लिए जार्ज का हाथ, जो गिलास पर टिका था, सिहर गया।

"यू आर ए राटर," जार्ज ने कहा।

उसके स्वर में कुछ रहा होगा कि विली का चेहरा अचानक पीला पड़ गया।

"देखो, मैं काफ़ी बुरा आदमी हूँ। इस लफ्ज़ को दुबारा मुँह पर कभी न लाना।"

"ओह!...सचमुच?" जार्ज की आवाज़ काँप रही थी, जैसे वह हवा में लटकी रस्सी पर चल रही हो और नीचे गड्ढा हो, जहाँ वह कभी भी फिसल सकती है, "प्रेस, यू आर ए राटर।"

विली गिलास लेकर अचानक खड़ा हो गया, जैसे यह कोई खेल हो, और नियम के अनुसार उसे खड़ा होना ही हो।

"एक बार फिर कहो..." उसका गिलास जार्ज के सिर के पास सरक आया था। काँच पर चिपकी बियर का फेन रोशनी में चमक रहा था।

जार्ज की अधमुँदी आँखें उस पर उठ आईं, "यस, यू आर ए राटर ऑल राइट!"

गिलास तले उसका सिर हिल रहा था। आदमी का सिर पूरे धड़ से अलग होकर केवल अपनी धुरी पर इस तरह काँप सकता है, यह मुझे काफ़ी हास्यास्पद-सा लगा।

विली ने गहरे विस्मय से उसकी ओर देखा और फिर हँसने लगा, "शायद तुम ठीक हो...मे बि, आई एम..." वह फिर अपनी कुर्सी पर बैठ गया।

हमने ज़्यादा नहीं पी थी—सिर्फ़ किसी ने हमारे इर्द-गिर्द एक भयावह-सा फन्दा डाल दिया, जिसे छूते ही ख़ून बहने लगता था।

कुछ देर बाद पब का मालिक हमारी मेज़ के पास आकर खड़ा हो गया। गोल-मटोल देह, किन्तु काफ़ी सुगठित, रंग काफ़ी पीला। छोटे-से माथे पर तेल से भीगे, स्याह घुँघराले बाल झुक आए थे।

"और चाहिए?" उसने मुस्कराते हुए विली की ओर देखा।

"अभी है...बाद में," विली ने कहा। उसके स्वर में पहले-सा तनाव नहीं था, हालाँकि तिरस्कार का स्पर्श हमसे छिपा नहीं रह सका—ये मेरे दोस्त हैं।

इटैलियन ने हमारी ओर देखा, किन्तु उसकी आँखों में कोई उत्सुकता नहीं जगी।

"विली हमारे यहाँ काम करता था," उसने गर्व से विली की ओर देखा, मानो उसे हम लोग विली की तुलना में काफ़ी तुच्छ जान पड़ रहे थे।

"काफ़ी देर से हो?" उसने पूछा।

जार्ज चुप रहा (ईश्वर भला करे, उसका सिर अब नहीं काँप रहा था)। मैं ख़ाली गिलास से खेल रहा था, मेरे हाथ रुक गए।

"सिर्फ़ कुछ दिन," मैंने कहा।

"इज़ंटिट फ़ाइन?"

"इट इज़ फ़ाइन," मैंने कहा।

"कोई काम?" वह मेरी क़मीज़ के कालर को देख रहा था। न जाने कितने देशों की धूल उस पर जमा थी।

"अभी कुछ नहीं..."

"विली को काम मिल सकता है, लेकिन यह एक जगह टिकता नहीं," उसने विली की ओर देखा—कुछ प्यार से, कुछ उलाहने से।

"मैं तुम्हारे यहाँ रह सकता था। सिर्फ़ तुम..." विली ने कहा।

इटैलियन का चेहरा अचानक क्षुब्ध-सा हो आया, "तुम जानते हो" उसने कहा।

"आह!" विली ने कहा, "तुम सब लोग एक-जैसे ही हो।"

"बहुत गर्मी है," जार्ज ने कहा।

"तुम जानते हो..." इटैलियन ने बहुत आग्रह से कहा।

"न...मैं कुछ भी नहीं जानता। मैं सिर्फ़ इतना जानता हूँ कि मैं अभी डांस करूँगा," विली ने अपनी कुर्सी पीछे ठेल दी और उठ खड़ा हुआ।

किन्तु इटैलियन ने झपटकर उसे कन्धों से पकड़ लिया। उसकी आँखें सहसा आक्रान्त-सी हो उठीं। विली की लम्बी, पतली देह के सम्मुख उसका ठिंगना, गेंदनुमा शरीर एकाएक बहुत दयनीय-सा दीखने लगा।

"विली!...तुम जानते हो, यहाँ पर..."

विली ने धक्का देकर झटके से अपना कन्धा छुड़ा लिया। उसकी पीठ हमारी मेज़ के सहारे टिक गई। जार्ज ने बियर की बोतल को हाथों से पकड़ लिया। एक क्षण के लिए लगा, जैसे हम किसी जहाज़ के डगमगाते डेक पर बैठे हों।

ऑर्केस्ट्रा शुरू होते ही पब के अलग-अलग कोनों के लड़के-लड़कियों के जोड़े बेसमेंट की सीढ़ियों पर उतरने लगे थे।

इटैलियन ने पीछे मुड़कर भी नहीं देखा। वह सिर्फ़ हवा में ताक रहा था।

विली कहीं भी नहीं था।

उसका ख़ाली गिलास हमारी मेज़ पर रखा था। जार्ज ने बोतल से हाथ उठा लिया। उसकी हथेली के पसीने की पूरी छाप काँच पर एक सफ़ेद धब्बे की तरह अंकित हो गई थी।

इटैलियन ने हमारी ओर देखा। लगा, जैसे वह हमें पहचान न पा रहा हो। फिर अवश भाव से दोनों हाथ फैला दिये थे।

"पागल है...है नहीं?"

हम चुप रहे। उस समय वहाँ कुछ था, जिसका हमसे कुछ सम्बन्ध नहीं था, जिसकी म्लान छाया चुपचाप हमारे बीच आ सिमटी थी। वह भारी, थके क़दमों से काउंटर की ओर मुड़ गया।

"बहुत गर्मी है," जार्ज ने कहा। "तुम्हारे पास कितने पैसे हैं?"

"क्यों?" मुझे अचानक खीझ-सी हो आई सब पर।

"डेढ़ शिलिंग मेरे पास है। इसमें लागर आ सकती है?" उसने पूछा।

मैं विली के ख़ाली गिलास को देख रहा था...कहाँ हो सकता है?

मद्धिम रोशनी के नीचे जूतों और सैंडिलों की खटखटाहट, इर्द-गिर्द टूटती, बेशक्ल आवाज़ों का सैलाब फैल गया था, जिसके एक छोर पर हम थे—एक मेज़, जार्ज, लागर के दो गिलास। सबकुछ वैसा ही था, जैसा हमने पहले-पहल देखा था।

सिर्फ़ अब एक कुर्सी ख़ाली थी।

"शायद वह नाराज़ था...मैं अपने को रोक नहीं सका," जार्ज ने कहा।

"तुमने उसे कुछ भी नहीं कहा?"

"मैं अपने को रोक नहीं सकता," उसने मेज़ पर पड़ा मेरा हाथ ज़ोर से पकड़ लिया। मेरी अँगुलियाँ उसकी हथेलियों-तले चिपचिपाने लगीं।

"तुम्हें नहीं मालूम...मुझे बॉक्सिंग का बहुत शौक है।...जब मैं पहले-पहल लन्दन आया था और बेकार नहीं था, तो मैं हर रोज़ बॉक्सिंग के लिए जाता था। लेकिन मैं आज तक एक बार भी नहीं जीत सका हूँ। सुनते हो, एक बार भी नहीं।...मुझमें एक अजीब तनाव-सा फैलने लगा है। मैं प्रतीक्षा करता हूँ, कुछ लमहों तक, कि दूसरा आदमी मुझे हिट करे...और जब वह नहीं करता तो मेरा ख़ून खौलने लगता है। मैं आनेवाले ख़तरे का मुँह नहीं जोह सकता। ठीक मौक़ा आने से पहले ही मैं अन्धाधुंध टूट पड़ता हूँ...हालाँकि मैं जानता हूँ, यह ग़लत है कि लड़ना इस तरह नहीं होता। और इसीलिए मैं घर से भागकर यहाँ आ गया हूँ—मैं अपने पिता की तरह प्रतीक्षा नहीं कर सकता।"

"और वह...तुम्हारे पिता किसकी प्रतीक्षा कर रहे हैं?"

"मुझे नहीं मालूम...मुझे राजनीति में कोई दिलचस्पी नहीं है।" उसका माथा लागर के गिलास के पीछे छिप गया।

मैंने अपना हाथ धीरे-से छुड़ा लिया...वह पसीने में भीगा था। मैं उसे अपने पास ले आया, जैसे वह कोई पालतू चीज़ हो—अँगुलियों से गुँथा हुआ, एक सफ़ेद मांस का लोथ, उसके ऊपर भूरे बाल, बहुत-से बाल, जो उसके स्पर्श से अभी तक दबे थे। और मैंने सोचा, हम सचमुच कितनी कम बार अपने हाथों को इस तरह देखते हैं, जैसे वे हैं, जैसे वे असल में हैं और तब भ्रम होता है कि जो भी चीज़ उनकी पकड़ में आएगी, वह हमारी नहीं हो सकती।

"जानते हो, मैंने विली को राटर क्यों कहा?"

"इट इज़ नथिंग।" मैं उसके चेहरे को सीधी आँखों से नहीं देख पा रहा था।

"क्योंकि...असल में मैं ख़ुद एक हूँ। मैंने अभी तुमसे कहा था कि मैं अपने पिता की बहुत कद्र करता हूँ (हालाँकि यह उसने मुझे कभी नहीं कहा था), तुम उन्हें नहीं जानते। वह जीवित भी हैं या नहीं, मुझे नहीं मालूम। वे उनके पीछे थे।"

"वे कौन?"

"वे...एक बहुत ही ठंडा आतंक, साँप की कुंडली-सा उसकी आँखों में बैठ गया था।"

"तुमने कभी नहीं देखा—उसने मेरे हाथ को अपनी हथेलियों में बहुत ही सख़्ती से जकड़ लिया। उसके काले चेहरे पर सिर्फ़ सफ़ेद दाँत नज़र आ रहे थे—एक कान से दूसरे कान तक खिंचे हुए—और मैं समझ नहीं सका कि वह हँस रहा है या सिर्फ़ एक भूले क्षण में उसके दाँत ख़ुद-ब-ख़ुद खुले रह गए हैं।"

"मैं यहाँ सुरक्षित हूँ...एंड फ़ार दैट आई हेट हिम, आई हेट हिम लाइक हेल।"

हम चुपचाप पीते रहे। मेरे आगे घड़ी की डायल थी, जिसे मैंने पहली बार देखा था। मैं सोचता हूँ, मुझे एक सिगरेट पीनी चाहिए...मुझे लगता है, मैंने लम्बी मुद्दत से सिगरेट नहीं पी।

"तुम क्या सोचते हो?" उसके स्वर में बच्चों का-सा आग्रह था।

"कुछ भी तो नहीं।"

"यदि तुम मेरी जगह होते, तो क्या करते?"

"तुम्हारी जगह पर?" मैं हँसने लगा। मुझे आज तक यह भी नहीं मालूम कि मुझे अपनी जगह पर क्या करना चाहिए।

"लेकिन तुमने अवश्य निर्णय कर लिया होगा...अपना देश छोड़ने से पहले?"

"शायद बचने के लिए।"

"किससे बचने के लिए?"

"अपने देश के लोगों से...शायद और चीज़ों से भी, जो अब मुझे याद नहीं।"

और तब उस क्षण मुझे लगा कि ज़्यादा पीना शायद सम्भव नहीं होगा। सुबह से कुछ भी नहीं खाया था। ख़ाली अँतड़ियों को लागर भिगो गई थी। एक नीली-हरी-सी धुंध कहीं भीतर से रास्ता टटोलती हुई हर उस खिड़की के आगे जमा हो गई थी, जहाँ से मैं बाहर देख सकता था। वहाँ घड़ी की डायल थी...बहुत सफ़ेद...हवा में डोलते एक बहुत पुराने मुरदे की मानिन्द, जो न जाने कब से मेरे संग घिसट रहा था...।

"तुम हँस क्यों रहे हो?"

मुझे यह जानकर काफ़ी आश्चर्य हुआ कि मैं हँस रहा हूँ... और जब मैंने जान लिया कि मैं हँस रहा हूँ, तो फिर अपने को रोकना बेमानी-सा लगा।

"क्या बात है?"

"कुछ नहीं, कुछ याद आ गया था," मैंने टहलते हुए कहा। याद मुझे कुछ भी नहीं आया था।

"क्या याद आ गया था?" वह मुझ पर झुक आया, जैसे अभी गले पर लटक जाएगा, "बताओ, क्या याद आ गया था?"

"जानते हो...तीन दिन पहले मैं जेल जानेवाला था। मैं बाल-बाल बच गया।"

"असह्य दबाव तले कोई भी चीज़ याद की जा सकती है...और मुझे सचमुच तीन दिन पहले की एक घटना याद हो आई।"

"हाँ, सचमुच मैं बाल-बाल बच गया (मुझे इस तरह के मुहावरे बहुत पसन्द हैं, और मैं उन्हें मौक़े-बेमौक़े दुहराता रहता हूँ)।"

"जानते हो, लन्दन में मैं अपने एक दोस्त के घर ठहरा हूँ। पिछले कुछ दिनों से उसकी गर्ल-फ्रेंड फ़िनलैंड से उसके संग रहने आई थी। कमरा एक ही था, इसलिए मैं बाहर रहता था। मैं दिन-भर म्यूज़ियम की लाइब्रेरी में रहता और रात को सोने के लिए यूस्टेंड स्टेशन चला जाता था। हर रोज़ नियत समय पर मेरा मित्र मुझे कुछ शिलिंग दे जाता था। उस शाम किसी कारणवश वह मेरे पास नहीं आ सका। मेरे पास सिर्फ़ दस पेनी बचे थे। दिन-भर म्यूज़ियम में बैठे भूख का कुछ पता नहीं चला, लेकिन रात होते-होते मैं अपने को नहीं रोक सका। उस समय तक किंग्स क्रॉस के सस्ते रेस्तराँ बन्द हो चुके थे और बस में बैठकर शहर के 'सेंटर' में जाने की सामर्थ्य नहीं थी। मैं काफ़ी देर तक वारेन स्ट्रीट स्टेशन के इर्द-गिर्द बदहवास-सा घूमता रहा। आख़िर में एक ग्रीक रेस्तराँ दिखाई दिया, जो ऊपर से काफ़ी सस्ता दिखाई देता था। आलू के चिप्स और टोस्ट का आर्डर देकर मैं भीतर बैठ गया। तुम जानते हो, ये चीज़ें सबसे सस्ती होती हैं—ज़्यादा-से-ज़्यादा आठ पेनी। मैं काफ़ी निश्चिन्त था। कुछ देर बाद अनायास मेरी निगाह सामने दीवार पर जा पड़ी प्राइस-लिस्ट पर, जिसे शुरू में घबराहट के कारण मैं नहीं देख सका था।

टोस्ट और चिप्स के दाम डेढ़ शिलिंग थे...और मेरे पास दस पेनी से आधी पेनी भी ज़्यादा नहीं...फिर जानते हो, मैंने क्या किया? मैं एकदम खड़ा हो गया इस तरह (मैं जार्ज के सन्मुख खड़ा हो गया) और ज़ोर से चिल्लाया, गुड ईवनिंग! अरे बाहर कैसे खड़े हो? (और मैं सचमुच चिल्ला रहा था—जार्ज के मुँह पर) होटल का मालिक उत्सुकता से मेरी ओर देख रहा था। मेरे एक दोस्त बाहर खड़े हैं...उनसे मिलकर अभी आता हूँ। टोस्ट और चिप्स की प्लेट मेज़ पर छोड़कर मैं आगे बढ़ा, दरवाज़े की तरफ़, बिलकुल सधे क़दमों से इस तरह (और मैं सचमुच चल रहा था—मेज़ों के बीच) और दरवाज़ा पार करते ही...तुम जानते हो, मैंने फिर मुड़कर नहीं देखा (मैं फिर मुड़कर जार्ज के पास आ गया था...लागर का एक लम्बा घूँट पीकर मैं बैठ गया था) मैं बहुत देर तक भागता रहा था।"

"और वह तुम्हारे पीछे था?"

"नहीं। हँसी की बात तो यही है कि वह मेरे पीछे नहीं था और फिर भी मैं एक अँधेरी गली से दूसरी अँधेरी गली में भागता रहा था... और देखो, मेरी जेब में दस पेनी बच गए थे, हालाँकि मेरी भूख बिलकुल मिट गई थी।"

"तुम भी खूब हो!" जार्ज ने हँसते हुए कहा।

मुझे काफ़ी ख़ुशी हुई कि वह हँस रहा है। मेरा मित्र और उसकी प्रेमिका भी इसी तरह हँसने लगे थे, जब दूसरे दिन मैंने उन्हें यह घटना सुनाई थी। हालाँकि मुझे हमेशा आश्चर्य होता है कि लोग, विशेष कर वे लोग जिन पर ऐसी घटनाएँ बीतती हैं, बाद में किस तरह आसानी से उन्हें हल्का-सा रंग दे देते हैं। क्योंकि देखो, उस घड़ी में, बिलकुल उस घड़ी में, जब घटना सचमुच घट रही होती है, आदमी कितना बदहवास-सा हो जाता है, बग़लों से ठंडा पसीना टपकता हुआ क़मीज़ से चिपक जाता है और भीतर विह्वल-सी कातरता भर आती है, बावजूद हमारी उम्र के,

बावजूद हमारे अनुभव के।...मैं तो जानता हूँ कि उस रात जब मैं दस पेनी जेब में दबाकर अँधेरी सड़क पर भाग रहा था, तो कोई बार-बार मुझसे कह रहा था—यू फकिंग फूल यू ईडियट...यू...।

"तुम भी कमाल हो!" जार्ज ने कहा।

जब उसने तीसरी बार यही बात कही, तो मुझसे नहीं बैठा गया। आँखों के आगे घड़ी का डायल फिर घूमने लगा और मैं टायलेट की तरफ़ बढ़ गया। टायलेट नीचे बेसमेंट में था। मैं जल्दी-जल्दी सीढ़ियाँ उतरने लगा। मुझे डर था, कहीं सीढ़ियों पर कुछ न हो जाए। मैंने मुँह पर हाथ रख लिया और बहुत रहस्यमय ढंग से मुस्कराने लगा।

हुआ कुछ भी नहीं—न सीढ़ियों पर, न वाश-बेसिन में, जिस पर मैं देर तक झुका रहा था—इस इन्तज़ार में कि कुछ बाहर आएगा। और अब घड़ी की सफ़ेद डायल नहीं घूम रही थी। मैंने पम्प खोल दिया था ताकि मैं निश्चिन्त होकर एक-एक चीज़ याद कर सकूँ और अपनी आवाज़ न सुन सकूँ (रात की इस घड़ी में मैं यहाँ क्या कर रहा हूँ? नहीं, ऐसे नहीं चलेगा, मुझे इस सिलसिले से ब्योरेवार हर चीज़ याद करनी चाहिए—जैसे यह बहुत महत्त्वपूर्ण हो, जैसे कोई बड़ा 'सत्य' इस पर निर्भर हो)। 'ब्योरेवार'...यह शब्द मुझे जँच गया था और मैं बार-बार इसे ज़बान पर फेर रहा था, क्योंकि मैं कितनी देर तक चीज़ों को याद करने के बजाय यही दुहराता रहा कि मुझे हर चीज़ 'ब्योरेवार' याद करनी चाहिए।

टायलेट से बाहर आया, तो पाँव ठिठके-से रह गए। नाचते हुए जोड़ों के भँवर में मैं घिर गया था। लोग धक्का देकर आगे निकल जाते थे और मैं कभी दाएँ, कभी बाएँ, एक कठपुतली की तरह घूम जाता था। जब कभी अपने पाँव जमाने का यत्न करता, तो डांसिंग-फ्लोर पैरों तले सिकुड़ने लगता और लगता, जैसे मैं एक बहुत तेज़ी से घूमते लट्टू पर खड़ा हूँ। तभी मुझे अपने कन्धों पर एक अजीब-सा बोझ मालूम हुआ।

"तुम यहाँ हो?" विली की दाढ़ी मेरे माथे को छू रही थी, "और जार्ज?"

"वहीं है," मैंने ऊपर की ओर इशारा किया।

जिस लड़की के संग वह नाच रहा था, उसका चेहरा उसके सीने-तले छिप गया था—सिर्फ़ उसके ब्लोंड बाल दिखाई दे जाते थे।

"तुम आओगे नहीं?...तुम्हारी लागर...," मैंने कहा।

"आऊँगा।...तुम नाचोगे नहीं?"

इस बार लड़की ने चेहरा ऊपर उठाया। उसके नंगे कन्धों पर पाउडर के हलके निशान थे और उसने सस्ती छींट की समर-स्कर्ट पहन रखी थी। होंठों पर पसीने की बूँदें थीं, जो शायद देर तक नाचने के कारण लिपस्टिक के ऊपर छितरा आई थीं।

भीड़ में खड़े रहना असम्भव था। वे मेरे नज़दीक ही बहुत धीमे क़दमों से नाचने लगे थे—एक बहुत तंग घेरे के भीतर—कभी विली का सिर मेरे पास सरक आता, कभी लड़की के ब्लोंड बाल।

"कैसी है?" विली ने धीरे-से उसके बालों को झिंझोड़ दिया।

वह हँस रही थी।

"यह बहुत खराब है...है न?" उसने हँसते हुए कहा और पहली बार मुझे लगा, जैसे उसकी आँखें सोती-जागती गुड़िया-सी हैं, जो सिर पीछे होते ही मुँद जाएँगी और सीधा होते ही खुल जाएँगी।

"नाचोगे?...मे बि विद हर!" विली ने कहा।

वे दोनों घूम रहे थे...बहुत ही हलके स्टेप्स के संग। जब जिसका चेहरा मेरे पास आता, वह मेरे कानों में कह देता।

"इसके हमजोली वहाँ बैठे हैं...मर जाएँगे मुझे इसके संग देखकर।" विली ने कहा।

"तुम नाचोगे नहीं? मे बि विद मी," लड़की ने कहा।

"वह इटैलियन मना करता था," मैंने विली से कहा।

"मरने दो उसे," विली ने कहा।

ऑर्केस्ट्रा की उस घिसी-पिटी धुन में जाने कैसे मौत्सार्ट के 'लिटल नाइट' म्यूज़िक की हल्की-सी आहट ऊपर तिर आती थी—महज़ आधे मिनट के लिए—और तब मुझे लगता था, जैसे किसी ने मेरी साँस को धागे की तरह अँगुली में लपेटकर खींच लिया हो।

"जिन पिओगे?...पैसे यह देगी," विली ने धीमे स्वर में फुसफुसाते हुए कहा।

"मे बि विद मी," लड़की ने वैसे ही उदासीन स्वर में कहा।

इससे पहले कि मैं कुछ कह पाता, नाचते हुए जोड़ों की भीड़ उन्हें मुझसे बहुत दूर घसीट ले गई। वे अचानक आँखों से ओझल हो गए।

मेरा सिर अब भी घूम रहा था, किन्तु यह चकराहट वैसी नहीं थी, जैसी टायलेट जाने से पहले। अब इस चकराहट में एक विचित्र-सा हल्कापन था, जैसे धुंध की जगह वहाँ सिर्फ़ छितरे, बरसे हुए बादल हों और असीम खुलापन हो।

भीड़ के भीतर रास्ता टटोलना सुगम नहीं था। बेसमेंट की सीढ़ियों के पास आकर मैं रुक गया। एक अदम्य इच्छा हुई वहीं सीढ़ियों पर लेट जाने की, सो जाने की।

"हलो!" मेरे हाथ को किसी ने जकड़ लिया था। पीछे मुड़कर देखा, पब का मालिक इटैलियन खड़ा था। शायद वह दूर से भागकर मेरे पास आया था। हाथों पर क़मीज़ की मुड़ी हुई बाँहें लटक आई थीं। वह हाँफ रहा था, जैसे आस-पास की हवा उसके साँस लेने के लिए बिलकुल नाकाफ़ी हो।

"सुनो, वह तुम्हारा दोस्त है?"

मैंने कन्धे सिकोड़ लिये।

"क्या तुम उसे यहाँ से नहीं ले जा सकते—मेरा मतलब है, इस जगह से?"

हमारे चारों ओर नाचते हुए लोगों का दायरा कभी बहुत तंग हो जाता, कभी एकदम फैल जाता था। बैंड के आगे कोई व्यक्ति लाउडस्पीकर को दोनों हाथों से पकड़कर गाने लगा था।

हम दोनों के बीच हमारी निगाहों के अलावा कोई और नहीं था।

"तुम क्यों नहीं कह देते?" मैंने कहा।

"मैं उससे कुछ भी नहीं कह सकता...वह मेरी बात कभी नहीं मानेगा।"

"लेकिन क्यों...वह यहाँ क्यों नहीं रह सकता?"

"यह जगह उसके लिए ठीक नहीं है।" एक अवश-सी कातरता उसके स्वर में उभर आई, "मैं उसे पहले भी कई बार मना कर चुका हूँ।"

मेरे मन में फिर इच्छा हुई—वहीं सीढ़ियों पर लेट जाने की।

"देखिए—मैं कुछ भी नहीं कर सकता। हमारी मुलाकात कुछ घंटे पहले हुई थी। आप विश्वास नहीं करते?"

एक क्षण के लिए मुझे उसके दयनीय चेहरे से घृणा हुई, जैसे मैंने किसी गिलगिली-सी चीज़ को छू लिया हो, "मैं उसे ठीक से भी नहीं जानता, यह भी नहीं जानता कि उसका पूरा नाम क्या है," मैंने कुछ इस तरह कहा, जैसे ज़िन्दगी में पूरा नाम जानना बहुत महत्त्वपूर्ण हो, जैसे उसके बिना कुछ भी नहीं हो सकता।

एकाएक उसने मेरे दोनों हाथ पकड़ लिये। वह बिलकुल मेरे पास सरक आया, "तुम...तुम यहीं रहोगे?"

"हाँ," मैंने सिर हिलाया, "जब तक तुम बाहर न फेंक दो।"

उसकी पकड़ ढीली हो गई। किन्तु उसकी आँखें अब भी मुझे टटोल रही थीं। मैं सीढ़ियाँ चढ़ने लगा।...मुझे बराबर यह लगता रहा कि अब भी उसने मुझे पीछे से पकड़ रखा है...हे ईश्वर, मैं एक सिगरेट पी सकता!...लगता है, मैंने एक मुद्दत से सिगरेट नहीं पी।

जब मैं धक्के खाता और अपनी सामर्थ्य के अनुसार दूसरों को धक्के देता हुआ अपनी मेज़ के पास पहुँचा, तो जार्ज सबके प्रति तटस्थ होकर सो रहा था। उसका सिर मेज़ के किनारे पर टिका था। उसकी देह कुर्सी पर सिकुड़ गई थी। अधमुँदी आँखों के बीच सफ़ेद पुतलियाँ मैली रुई के फाहों-सी उभर आई थीं। पहले मुझे भ्रम हुआ कि वह मुझे देख रहा है, जो सच नहीं था। उसके होंठों के कोरों पर थूक बह आया था—चाक की महीन रेखा-सा, सूखा और सफ़ेद, जो मैंने रूमाल से, सबकी आँख बचाकर, पोंछ दिया।

उस रात पहली बार मुझे लगा कि वह उम्र में बहुत छोटा है—हास्यास्पद रूप से छोटा और अनजान।

मेरा गिलास ख़ाली था।...मैंने थोड़ी-सी लागर उसके गिलास से अपने गिलास में उँडेल ली। एक क्षण के लिए लगा, जैसे वह अधमुँदी आँखों से मुझे देखता हुआ मुस्करा रहा है...और उसमें हल्का-सा व्यंग्य छिपा है। शायद बन रहा है, मैंने सोचा, सो नहीं रहा और मुझे देख रहा है...लेकिन शायद यह भी मेरा भ्रम हो, मैंने सोचा और पीने लगा। फिर मुझे कुछ अकेला-सा लगा। सोचा, अपने मित्र को टेलीफ़ोन कर दूँ, हो सकता है, उसकी गर्ल-फ्रेंड अब तक चली गई हो और मैं उसके कमरे में सो सकता हूँ लेकिन यदि वह हुई, तो उसे बुरा लगेगा।...इसे उठा दूँ, यह कब तक ऐसे सोता रहेगा? मैंने सोचा, इतनी उम्र में घर से भाग आया है और अब—अब सो रहा है।...मुझे एक बहुत पुरानी बात याद हो आई। यूरोप आने से पहले वह घर में आख़िरी रात थी। माँ बार-बार उठती थी और पानी पीने के बहाने मुझे देखती थी।...अपने घर की छत पर मेरी आख़िरी रात थी—वह जुलाई की रात थी और मुझे दूसरे दिन चले जाना था...और बाबू मेरे बिस्तर के पास खड़े रहे थे। सोचा था, मैं सो रहा हूँ...मैं सबकुछ देख सकता था...वैसे भी हमारे शहर में जुलाई की रातें बहुत उजली होती थीं—आँखें मूँद भी लो तो भी सबकुछ दीखता था।...

फिर सहसा इच्छा हुई कि मैं बाहर चला जाऊँ...यह बहुत आसान था। पहले मैं अपनी कुर्सी से उठ खड़ा हूँगा, फिर दरवाज़ा खोलूँगा और बाहर चला आऊँगा...जस्ट टू कम आउट...यह बड़ी बात है, मैंने सोचा...उसके मुँह पर थूक फिर बह आया था, होंठों से बहता हुआ ठुड्डी तक, जहाँ नीले काँटों से बाल उग आए थे...मैं रूमाल से फिर उसका मुँह पोंछ देता हूँ...।

आवाज़ें...एक बदहवास-सी चीख़!

बेसमेंट की दीवार पर छायाएँ डोलती जाती हैं—एक भयंकर दुःस्वप्न-सी। कुर्सियों को खींचने की आवाज़, अटपटी-सी हँसी... लेकिन है कुछ नहीं। मैं उठता नहीं...गिलास में अब भी लागर बची है और मैं उठ नहीं सकता...और तब अचानक उस क्षण मुझे अपने में एक अजीब-सी शान्ति महसूस होती है...घनी चिलचिलाती, गरम रेत के अन्तहीन फैलाव-सी और मैं उसे पकड़े रहता हूँ।

जस्ट टु कम आउट, जस्ट टु...।

मैं पूरी शक्ति से जार्ज को झिंझोड़ने लगता हूँ।

वह एकदम हड़बड़ाकर उठ बैठा और विमूढ़ भाव से मुझे देखने लगा—कुछ-कुछ उस ट्रेंड जानवर की तरह, जो ऐन मौक़े पर अपना 'पाठ' भूलकर आस-पास खड़े तमाशबीनों को देखने लगता है। फिर सहसा उसकी आँखें अजीब-सी आतंक-ग्रस्त हो आईं।

"बात क्या है?"

"चलो...यहाँ से चलना होगा।"

"लेकिन...क्या अभी?"

वह कुछ भी नहीं जानता। मैं जल्दी में निश्चय नहीं कर पा रहा था कि क्या उसे कुछ भी बताना उचित होगा?

"क्या मैं सो गया था?" उसने पूछा।

न जाने मेरे चेहरे पर क्या था कि वह एकाएक शंकित-सा हो उठा।

"यह शोर कैसा है?"

उसका चेहरा बिलकुल वैसा हो गया, जब हम सोडा-फैक्टरी के बाहर अँधेरे में खड़े थे।...अब वह घड़ी कितनी दूर लगती है और कितनी अप्रासंगिक!

"हमें चलना होगा...बाहर।"

बाहर लन्दन की रात है...हमारी प्रतीक्षा करती हुई—हमें निगल जाने के लिए आतुर।

"विली कहाँ है?...हम उसके बिना नहीं जा सकते।"

"वह...वह आ नहीं सकता।"

पब का दरवाज़ा खुलता है...कुछ लोग हड़बड़ाकर भीतर घुसते हैं।

"दे आर देयर...द डैम्ड..." एक बहुत ही भद्दी गाली और आवाज़ें, मक्खियों की भिनभिनाहट की मानिन्द अर्थहीन।

मैं उसका हाथ पकड़कर घसीटता हूँ।

"मैं जाऊँगा नहीं..."

"तुम पागल तो नहीं हो?"

"वे कहाँ हैं..."

"वे?" मैं ग़ुस्से में उसे उठा देता हूँ। वह बिलकुल मेरे सामने खड़ा है, "बताओ, वे कौन?" मैं उसके कन्धे हिलाता हूँ और वह...

"बोलो, वे कौन?"

"यू आर ड्रंक!" उसने कहा और एक झटके से अपने को छुड़ा लिया।

शायद यह सच है, मैंने सोचा...शायद मैंने बहुत पी ली है। इस ख़याल से मुझे बहुत सांत्वना मिली है।

"तुम यहीं रहोगे?"

"मैं कहीं भी रहूँ," उसने कहा।

"सुनो।" मैं बीच की कुर्सी हटाने की चेष्टा करता हूँ।

"यू आर ड्रंक!" वह पीछे हट गया।

मैं जाने लगा। वह भी, लेकिन मुझसे अलग। लगा, जैसे यह कोई खेल है, जिसमें दो व्यक्ति आँखों पर पट्टी बाँधकर चलते हैं और वे समझते हैं कि वे एक-दूसरे से दूर जा रहे हैं लेकिन दरअसल वे एक-दूसरे के निकट सरकते आते हैं।

दरवाज़े की तरफ़...पहले मेज़ें आती हैं, अधजली सिगरेटों के टोटे, ख़ाली गिलास और बोतलें, कुर्सियों पर रखे शाम के अख़बार, फ़र्श के एक कोने में गिरी हुई लिपस्टिक की डिब्बी, जिसे हड़बड़ाहट में कोई स्त्री उठाना भूल गई थी...और मुझे लगा, जैसे कोई घटना अचानक हुई होगी, बिलकुल अप्रत्याशित रूप से, और सब लोग बिना किसी तैयारी के भागती भीड़ के भँवर में फँस गए होंगे।

विली कहाँ है?

और यह इटैलियन...?

आगे सोचना नहीं हुआ। दरवाज़ा झपाटे से खुला था और मुझे लगा, जैसे एक झटके से जार्ज मुझसे अलग हो गया है—आख़िरी लमहे में (या सबसे शुरू के लमहे में)। मैंने कोशिश की कि उसे अपने से जकड़े रखूँ, जैसे यह अपने में एक महत्त्वपूर्ण चीज़ है, किन्तु मेरा सिर सनसनाता हुआ नीचे की तरफ़ घूम गया। जो हाथ मैंने जार्ज को पकड़ने के लिए फैलाया था, वह मुड़ता गया। छत? न, यह छत नहीं है, सिर्फ़ रोशनी है—एक अजीब ढंग से झूलता हुआ बल्ब...और मेरी बाँह मुड़ती गई (डोंट लेट देम एस्केप—एक फूत्कारती-सी आवाज़, फिर वह भी नहीं) और वह एक तख़्ते की तरह काँप रही थी और उसे मैं देख सकता था—काँपते हुए, जैसे वह मेरी बाँह न हो। कोई कसता जा रहा है आख़िरी बिन्दु तक और वहाँ पहुँचने से पहले ही टूट जाती है...समूची देह में...न, यह पीड़ा नहीं है, पीड़ा की एक सीमा होती है और उसके परे उसकी पहचान ख़त्म हो जाती है...।

'आई से...लीव हिम एलोन...' यह क्या इटैलियन की आवाज़ है? मुझे हल्का-सा आश्चर्य होता है। मेरे ऊपर झुके हुए चेहरे एक-एक करके उठ रहे हैं, लेकिन मैं उन्हें देख नहीं सकता...सिवाय उनकी गरम साँसों के, जो गर्दन को बार-बार छू जाती हैं—फिर वह भी नहीं।

"तुम उठ सकते हो?"

मैं अपनी बाँह को देखता हूँ...वह अब फ़र्श पर पड़ी है—आश्चर्य है, वह अब तक मुझसे जुड़ी है।

मैं बैठ गया हूँ। फिर अनायास मेरे हाथ गालों पर चले जाते हैं। वे गीले हैं...वे आँसू हो सकते हैं, इस पर मैं विश्वास नहीं कर सका—वे बेहूदा ढंग से ख़ुद-ब-ख़ुद निकल आए थे और मुझे पता नहीं चला था—कुछ उस व्यक्ति की तरह, जो सुबह अपने बिस्तर को गीला पाता है और विश्वास नहीं कर पाता कि उसने ही...।

"कुछ पिओ!" इटैलियन मेरे इर्द-गिर्द मँडरा रहा है।

"विली कहाँ है?" मैंने पूछा।

"वे उसे मार डालेंगे...मैंने तुमसे क्या कहा था?" उसका गला अजीब ढंग से रुँध गया है।

"क्या कहा था?" मुझे अब कुछ भी याद नहीं आता।

"तुम्हें मालूम है।...तुम अगर उसे अपने संग ले जाते, तो कुछ भी नहीं होता।"

"कुछ भी नहीं होता...लेकिन जो हुआ है, इसे कोई रोक सकेगा, यह कोई भी नहीं जानता।"

"अब मैं जाऊँगा," मैंने कहा।

"कहाँ?" इटैलियन दरवाज़े के सामने खड़ा था।

"कहीं भी...बाहर।" चारों ओर देखा, जार्ज कहीं भी नहीं था। मुझे हल्की-सी ख़ुशी होती है।

"बाहर?" इटैलियन को शायद विश्वास नहीं हुआ। वह शायद निश्चय नहीं कर पा रहा था, किस सीमा तक मैं पी चुका हूँ...किस सीमा तक वह मुझे गम्भीरता से ले सकता है।

"इस समय नहीं...वे बाहर खड़े हैं।"

"सुनो," मैंने बहुत सहज भाव से कहा, "मैं कुछ भी नहीं करूँगा। मैं सीधा घर चला जाऊँगा।"

"कैसी बात करते हो," इस बार वह एकदम भभक-सा उठा, "वे जानते हैं, तुम विली के संग आए हो...तुम उनसे बचकर नहीं जा सकते।"

बहस करना व्यर्थ था, वह मानेगा नहीं।

बाहर एकाएक कोलाहल बढ़ गया है...एक क्षण के लिए टेढ़ी-सी उमठन मेरी पीठ पर सरकने लगती है—बर्फ़ के डले की तरह। इसे मैं पहचानता हूँ। डर है...बहुत शुरू का डर, अपने में बिलकुल नंगा—बिलकुल नीरव।

मुझे लगा, जैसे मैं मुस्करा रहा हूँ।

"देखो...तुम मुझे एक छोटी व्हिस्की दे सकते हो?"

वह कुछ देर तक मुझे घूरता रहा। आगे घिसट आया था। हम दोनों के चेहरे पास थे कि बाहर के शोर के बावजूद मैं उसकी साँसों को सुन सकता था।

"तुम जाओगे नहीं।" सन्देह और अनिश्चय से उसका स्वर एक तनाव में खिंच आया था।

"मैं पागल नहीं हूँ।"

वह कुछ देर तक चुपचाप मुझे घूरता रहा।

"तुम्हें यहाँ छोड़कर मैं नहीं जा सकता," उसने कहा।

एकबारगी जी में आया कि मैं उसके पसीने में लथपथ, गोल-मोल, गदराए चेहरे को अलग-अलग हिस्सों में तोड़ दूँ...किन्तु मैं वैसे ही मुस्कराता रहा।

"मैं यहीं रहूँगा...तुम्हारे लिए नहीं तो व्हिस्की के लिए। तुम मेरा इतना भी विश्वास नहीं करते?"

इस बार उसके होंठ एक अप्रत्याशित हँसी में फैल गए। उस हँसी में एक विवश निरीहता छिपी थी, मानो वह हँसकर ख़ुद अपने को विश्वास दिला रहा हो कि उसने मुझ पर विश्वास कर लिया है।

वह काउंटर की ओर बढ़ा, जहाँ विभिन्न शराबों और बियर की बोतलें रखी थीं। वह बार-बार पीछे मुड़कर मेरी ओर देख लेता था।

मैं खड़ा रहा।

स्कॉच की बोतल उसने काउंटर पर रख दी। फिर मेरी ओर देखा, जैसे हम दोनों के बीच कोई रहस्यमय समझौता हो।

हमारा मौन जैसे इन आवाज़ों से बड़ा था, जो लहरों की मानिन्द उठती थीं—एक-दूसरे से उलझी हुई...उठती थीं, दरवाज़े से टकराती थीं और फिर अन्तहीन अन्धकार में बिखर जाती थीं।

वह गिलास धो रहा था। पम्प से बहता पानी...और चमकीले गिलास पर फिसलती हुई उसकी एक-एक बूँद—मैं उन बूँदों को देखता रहा और मुझे बराबर महसूस होता रहा कि मैं उलटी करूँगा। मैं नंगे काँच पर बहते पानी को नहीं देख सकता...मेरे भीतर एक अजीब-सी झुरझुरी फैलने लगती है...मैं आगे बढ़ता हूँ, दरवाज़े की तरफ़। उसकी पीठ अब भी मेरी तरफ़ थी...पम्प से बहते पानी की आवाज़ मेरे दिल की धड़कन को ढकती रही...और तब उस लमहे अचानक मुझे लगा, जैसे अब मैं चाहूँ तो भी नहीं मुड़ सकता, जैसे ख़ुद मेरा अपनी टाँगों पर, अपने पर, कोई नियंत्रण नहीं रहा था...जैसे मैं ख़ुद अपने से मुक्त हूँ।

और दरवाज़ा खुल गया...दूसरे क्षण मैं बाहर था।

बाहर...अँधेरे में।

'जस्ट टू आउट...' मैंने अपने से कहा।

वह गर्मियों की एक खुली और नरम रात थी...एक विराट, बनैले जन्तु की तरह ख़ामोश...जो दिन-भर की थकान के बाद अपनी माँद में समूची देह फैलाकर सो गया हो।

पसीना सूख रहा था। मैंने भरपूर साँस ली—एक बार...दो बार... हल्का-सा पछतावा होता है...मैं व्हिस्की छोड़कर चला आया था...इस समय यदि वह मेरी देह के भीतर होती...मैं फिर साँस खींचता हूँ... काश, मैं एक सिगरेट पी सकता!...मैं बड़ी सड़क छोड़कर एक सँकरी लेन में चला आया हूँ।...अक्सर गलियों के नुक्कड़ पर सिगरेटों की ऑटोमशीनें लगी रहती हैं...।

"हियर ही इज़...द सन ऑफ़ ए विच!"

मैं रुक जाता हूँ...न, यह डर नहीं है। मैं बहुत शान्त हूँ...सिर्फ़ एक ठंडी-सी चीज़ मेरी रीढ़ की हड्डी पर फिसल रही है—एक गिलगिली छिपकली की तरह तटस्थ।

वे वहाँ थे...दीवार से सटी छायाएँ आगे सरकती हैं।

"होल्ड हिम!" एक फटी-सी चीख़...और मैं अचानक पीछे मुड़ गया हूँ...एक सरसराती-सी हवा मेरी बग़लों के बीच से निकल जाती है।

गॉडेम्ड निगर...

वेट, जस्ट वेट...

वह पीछे से आया था—मुझे पता भी नहीं चला कि मेरा सिर पीछे की ओर मुड़ता गया है...एक क्षण और...और मैं दो हिस्सों में बँट जाऊँगा...।

काश, मैं उसके चेहरे को देख पाता...!

हाथ है, जो नम है...मैं अपनी कनपटियों में सरसराता ख़ून सुन सकता था। मैं थोड़ा-सा हिलता हूँ...और कुछ आगे की तरफ़ घिसट आता हूँ। वह भी मेरे संग घिसट आता है—यह कोई अन्य व्यक्ति है, इसने सिर्फ़ मेरे हाथ जकड़ रखे थे।

एक क्षण के लिए मुझे गहरा आश्चर्य होता है—यह क्या मेरी देह है, जो इस तरह थरथरा रही है?

"यू शिटिंग स्वाइन!"

मैं एक झटके से अपने को खींचता हूँ...लेकिन मेरे बाल...मेरे बाल उसके हाथों में फँस गए हैं—उसकी नंगी बाँह मेरे मुँह के सामने हिलती है...और अनायास मैं अपने दाँत उसमें गड़ा देता हूँ...ओह, लीव इट, बगर!...एक टूटती-सी साँस...वह मुझे हिलाता है एक बार, दो बार—और हर बार मैं शराबी-सा उसकी बाँह पर झूल जाता हूँ।

"लीव हिम एलोन, यू सन ऑव ए ह्वाइट ह्वोर!"

क्या यह विली की आवाज़ है?...मैं पूरी शक्ति से चीख़ने की चेष्टा करता हूँ, किन्तु सिवाय एक भयावह घुर्र-घुर्र के मेरे मुँह से कोई भी स्वर नहीं निकल पाता।

और तब सहसा मुझे लगा, उसकी पकड़ ढीली पड़ गई है...मैं अपने को उठा सकता हूँ। मेरी आँख खुलती है। अँधेरे का एक नीला दरिया मेरे सामने से गुज़र जाता है और उसके परे लाल, हरे, गुलाबी धब्बे तिरते जाते हैं—मैंने इन्हें कभी देखा है, मुद्दत पहले कभी देखा है, जैसे यह कोई पहचाना-सा दुःस्वप्न है, जिसे मैं दुहरा रहा हूँ—शुरू से अन्त तक।

मुझसे दो गज़ के फ़ासले पर वह खड़ा था—गली की दीवार से सटा हुआ। एक क्षण के लिए विश्वास नहीं हो सका कि वह विली है, वही व्यक्ति जिसके संग कुछ देर पहले मैं लागर पी रहा था...।

किन्तु क्या वह मुझे पहचान सकता है...?

और वह ब्लोंड लड़की...और जार्ज...क्या वे स्मृति के घेरे से बाहर कहीं रात में डूब गए हैं...हमें यहाँ छोड़कर...जो इस क्षण ख़ुद अपने को नहीं पहचान पाते?

सिर्फ़ दो गज़...और बीच का अँधेरा।

भीड़, आधा चेहरा और एक लम्बा युवक, जो विली पर झुका है...विली की क़मीज़ का कालर हाथ में पकड़कर वह उसे दीवार के पास घसीट लाता है—खटाक...खटाक...!

वह स्कार्फ फूल जाता है...स्कार्फ जो उस लम्बे व्यक्ति ने गले में बाँध रखा है...रंगीन—उस पर गुलाब के फूल छपे हैं...।

गुलाब के फूल...और ख़ून, जो विली के होंठों से फिसलता हुआ उसकी 'गोटी' तक बह आया है...।

एक क्षण के झलमले में सबकुछ उभर आया है—आवाज़ें, पसीना, लेन की खट्टी-सी गन्ध...और हँसी...।

और तब वह आया था...एक ठिंगना-सा व्यक्ति, जो अभी तक भीड़ के अँधेरे में छिपा था। उसकी घनी भौंहों के बीच छोटी अस्थिर आँखें चमक रही थीं...भौंहों के बाल इतने लम्बे और घने होकर उसकी आँखों पर झुक आए थे कि लगता था, जैसे उसने अपने चेहरे पर किसी कुत्ते का मॉस्क पहन रखा हो...!

वह बहुत ही धीमे क़दमों से विली की ओर बढ़ रहा था...।

"कहाँ गई तुम्हारी डार्लिंग?" उसने झटके से विली की ठुड्डी को ऊपर उठा दिया।

"बोलो...कहाँ गई?"

हर बार 'कहाँ गई' कहते समय वह विली के सिर को दीवार पर धकेल देता था...हर बार विली की देह एक शराबी की तरह झूम जाती थी।

और वे हँस रहे थे...।

"बैश हिम देयर!" दूसरे ने अपने...की ओर इशारा किया। खट-खट सिर के दीवार से टकराने की आवाज़। खट-खट मेरे दिल की पगली ज्वर-ग्रस्त धड़कन। पसीने और ख़ून से लिथड़ी विली की क़मीज़ और एक अनवरत, कभी न ख़त्म होनेवाली खट-खट और एक भुतैली-सी हँसी...।

"बोलो, कहाँ गई?...स्पीक! स्पीक! स्पीक! यू फिल्दी... हा-हा-हा...खट-खट-खट..."

स्कॉर्फ में झूलते हुए रंगीन गुलाब के फूल...।

मुझे अब कुछ भी याद नहीं...सच पूछो, तो मुझे यही नहीं मालूम कि मैं स्वयं चिल्लाया था या कोई बाहर की चीख़ मुझे सहसा झिंझोड़ गई थी। (नहीं...आज भी मैं विश्वास नहीं कर पाता कि वह भयावह चीख़ मेरे गले से निकली होगी।) मुझे सिर्फ़ इतना-भर लगा था कि मेरी साँस...एक अन्धे चिमगादड़ की तरह मेरी छाती की दीवार से टकराती हुई बेतहाशा फड़फड़ाने लगी थी। और मैंने एक धक्के से उन दोनों हाथों को अपनी गर्दन से छुड़ा लिया, जिन्होंने अब तक मुझे रोक रखा था...।

सिर्फ़ दो गज़...और बीच का अँधेरा।

मैं विली की तरफ़ बढ़ा था। मैं उससे कुछ कहना चाहता हूँ। उसे छूना चाहता हूँ। मुझे लगता है, यह बहुत महत्त्वपूर्ण है।

बीच का अँधेरा—और वे ठंडे हाथ और तब वह चीख़...।

मेरा सिर उस अदृश्य व्यक्ति की ठुड्डी से टकराया था, जिसने मुझे बीच में पकड़ लिया था। दूसरे हाथ से उसने मेरा चेहरा भींच लिया...मेरा मुँह उसकी क़मीज़ पर घिसटता गया। आई विल टीच यू—हाउ टु रन...बास्टर्ड...न जाने क्यों, मैं अपनी टाँगों को बेतहाशा, मिरगी के मरीज़ की तरह, हवा में घुमाने लगा—कुछ नहीं होगा...मैंने सोचा...वह मुझे छोड़ेगा नहीं...और तब मुझे लगा, जैसे अब मैं साँस नहीं ले सकूँगा। किन्तु यह ग़लत था, हर दूसरी साँस पहली साँस की गिरफ़्त से अपने को छुड़ाकर ऊपर आती थी और फिर मुझसे चिपक जाती थी और मैं सोचता था, यह आख़िरी है, लेकिन तीसरी साँस फिर छटपटाते हुए अपने को दूसरी साँस के पिंजरे से छुड़ा लेती थी और मुझे आश्चर्य हुआ कि कोई भी साँस पीछे रहकर आख़िरी नहीं बनना चाहती...और तब एक भयंकर-सी ख़ुशी ने मुझे अपने में लपेट लिया,

जैसे मैं अब तक सिर्फ़ इस लमहे के लिए जी रहा था और अब वह आ गया है और आनेवाली घड़ियों में कोई भी ऐसी चीज़ नहीं होगी, जिसके मानी वही होंगे, जो पहले थे। कोई भी डर पहले जैसा डर नहीं होगा... मैं भूल गया था कि मैं अकेला हूँ...मैं सिर्फ़ यह जानता था कि वे मुझे अकेला नहीं छोड़ेंगे और मैं बच नहीं सकता और उस रात मुझे पहली बार लगा कि अकेला होना ही काफ़ी नहीं है...काफ़ी नहीं है क्योंकि वे हर जगह हैं और यह मैं जानता था, सिर्फ़ यह नहीं जानता था कि एक दिन वे मुझे पकड़ लेंगे...अब वह पहले जैसा आकारहीन नहीं था—वह डर। अब वह ठोस था और सीमित था—उतना ही बड़ा, जितना मैं हूँ। हम दोनों अँधेरे में जानवरों की तरह साँस ले रहे थे और मुझे लगा, जैसे मैं आख़िर तक अपनी टाँगों को इसी हवा में घुमाता रहूँगा...आह डियर, हाउ फ़नी इट इज़...हाउ फ़नी! कोई हँस रहा है—(क्या यह मैं हूँ?) हँसी, जिसकी कोई आवाज़ नहीं। घूँसे...गालियाँ...और फिर वही हँसी!

वे मुझे घसीटते ले गए हैं—गली के कोने तक।

मैं उठने की कोशिश करता हूँ और बैठ जाता हूँ। फिर इच्छा होती लेट जाने की। वहीं सड़क पर। लेकिन आँखें बन्द करते ही लगता है, जैसे और चीज़ एक ज्वार की तरह ऊपर उठती है—मेरी टाँगों में, छाती में, बाँहों के जोड़ों में—उठती है और बह जाती है...क्या यह पीड़ा है? और मुझे हल्का-सा आश्चर्य होता है कि मैंने ज़िन्दगी के इतने बरस बिता डाले और कभी इसे नहीं जाना। लगता है, मेरी चेतना ने इस पीड़ा का एक छोर पकड़ लिया है और घिसटती जा रही है...कभी सिर्फ़ चेतना रह जाती है—पीड़ा से अलग। तब लगता है, जैसे मैंने कुछ खो दिया है। बारिश की शाम है और मैं दुबारा अपने शहर की सड़क पर एक सिरे से दूसरे सिरे तक भाग रहा हूँ...एक छोटा-सा खोखल मेरे सामने खुल गया है और एक उत्कट भयंकर-सी आकांक्षा मन में जगती है उसमें छिप जाने की...जैसे उसमें छिप जाने से ही सबकुछ सुलझ जाएगा,

सबकुछ बहुत सहज हो जाएगा...लेकिन यह खोखल नहीं है। यह पीड़ा है, जो बराबर-बराबर से बँट गई है, मेरी देह के विभिन्न अंगों में—बिलकुल नये क़िस्म का दर्द, जो अपने में सम्पूर्ण है और जिसे आज तक मैंने नहीं पहचाना (हाउ फ़नी इट इज़...हाउ वंडरफुल फ़नी!) बीच-बीच में चेतना का परदा खुल जाता है और मुझे आश्चर्य होता है कि यह मैं हूँ...और मुझे सहसा विश्वास नहीं होता कि मैं बाहर आ गया हूँ...अपने से बाहर जहाँ मुझे कोई नहीं बचा सकता।

अँधेरे से बाहर—जहाँ वे हैं।

वह शुरू अगस्त की एक रात थी। वे मुझे गली के एक गँदले, ख़ामोश कोने में छोड़ गए थे। कितनी देर तक मैं वहाँ पड़ा रहा, मुझे कुछ भी याद नहीं। बीच-बीच में मेरी आँख खुल जाती थी, एक पतली और पारदर्शी धुंध के पीछे लन्दन का आकाश घिर आता था। फिर आँखें मुँद जाती थीं और...मुझे लगता था, जैसे मैं एक धुंध को छोड़कर दूसरी धुंध में सिमट आया हूँ।

कितनी देर ऐसे ही रहा। फिर मैं सतर्क हो गया। पैरों की आहट मेरे पास चली आई थी। बहुत मन्द गति से। मैं ऊँघने लगा था। शायद यह सपना हो। देर तक मालूम नहीं हो सका कि कोई बराबर मेरे कन्धों को हिला रहा था...।

"क्या ज़्यादा चोट आई है?"

"नहीं, ज़्यादा नहीं..." आँखें खुल गईं।

मेरे ऊपर जार्ज का चेहरा झुका था। लागर की हल्की-सी गन्ध मुझे छू गई। न जाने क्यों, उस गन्ध के संग एक दूसरी स्मृति उभर आई...मौत्सार्ट के सेरेनाड की एक बहुत पुरानी ट्यून—ट्यून भी नहीं, महज़ एक टूटी टहनी-सी थिरकन, जिसे कुछ घड़ियों पहले 'पब' में अचानक पहचाना था...।

"तुम यहाँ हो?"

“मुझे मालूम था, वे तुम्हें यहाँ लाए हैं।...मैं देख रहा था,” उसने कहा।

“विली कहाँ है?”

“लेट हिम गो टु हेल...अगर वह नहीं होता...तो कुछ भी नहीं होता।”

“क्या कुछ नहीं होता?”

अचानक बड़ी सड़क से एक कार गुज़र गई। हमारी आँखें चुँधिया गईं। मेरा ध्यान पहली बार अपनी ओर खिंच आया—क़मीज़ का कॉलर ऊपर से फट गया था। पैंट पर गर्द, धूल और बियर के धब्बे थे और मुझे लग रहा था कि बदन के पसीने से चिपकी मेरी बनियान से एक बोझिल, गीली-गीली-सी भाप निकल रही हो।

“तुम वापस क्यों आए?”

“मैं भीतर आना चाहता था—तुम लोगों के पास, लेकिन तुम जानते हो...”

“इट इज़ ऑल राइट, जार्ज,” मैंने उसे बीच में ही रोक दिया।

मेरे मुँह का स्वाद एकदम कसैला-सा हो आया, जैसे मैं एक लम्बे बुख़ार के बाद उठा होऊँ। पास ही लैम्प-पोस्ट का पीला दायरा था। मैंने उसके बीचोबीच थूक दिया—बिलकुल लाल, जैसे पान की पीक हो। यह ख़ून है...मुझे बहुत अजीब-सा लगा। मैंने एक बार फिर थूका, इस बार अपने ख़ून को दुबारा देखने का लोभ संवरण न कर सका।

“तुम्हें ज़्यादा चोट तो नहीं आई?” जार्ज ने कहा।

उसके स्वर में एक बँधी-बँधी-सी कुंठा थी। मुझे वह कुछ अजीब-सी लगी।

मैं चुप रहा और फिर खड़ा हो गया। एक क्षण तक गली की दीवार से मेरा सिर टिका रहा...।

खट-खट-खट...!

अब भी वह आवाज़ मेरी नसों के बीच फड़फड़ा रही थी।

हम चुपचाप ट्यूब-स्टेशन की ओर चलने लगे। मेरी जेब में अब भी दो शिलिंग पड़े थे। अनायास मेरी काँपती अँगुलियाँ उन्हें सहला देती थीं।

बाहर सड़क पर अगस्त के पत्ते थे...लन्दन का धुआँ रात के परे गिरता जा रहा था।

"तुम मेरा विश्वास नहीं करते...तुम समझते हो...जार्ज ने ज़बरदस्ती मेरा कन्धा पकड़ लिया।"

"इट इज़ ऑल राइट।" मैंने उसका हाथ कन्धे से अलग कर दिया। काश, वह इस समय मेरे संग न होता!

हम ट्यूब-स्टेशन की सीढ़ियाँ उतरने लगे।

प्लेटफ़ार्म उजाड़ पड़ा था। बेंचों पर इक्के-दुक्के आदमी बैठे ऊँघ रहे थे। हमारे बिलकुल पास खम्भे की आड़ में एक जोड़ा दीवार से सटा था...लड़की अपने बालों पर बार-बार हाथ फेरती थी। उसके सामने खड़ा युवक कुछ दबे स्वर में फुसफुसा रहा था। लड़की बार-बार हँसने लगती थी और फिर चौंककर दोनों ओर देख लेती थी।

टिकट ख़रीदकर हम पास की ख़ाली बेंच पर बैठ गए।

"तुम लन्दन में ही रहोगे?"

वह चुप रहा। उसकी आँखें बत्तियों के परे अंडरग्राउंड की सुरंग पर थिर थीं—अँधेरी, सीली। लगता था, सुरंग का अँधेरा ऊपर शहर के अँधेरे से कट गया हो...जैसे गँदले पानी का ठहरा चहबच्चा हो!

"न जाने विली कहाँ चला गया?"

"विली...मैंने उसे देखा नहीं," उसने कहा।

"लेकिन तुम बाहर खड़े थे, तुमने अभी कहा था?"

"मैंने कुछ भी नहीं देखा।"

हम फिर चुप हो गए। किन्तु उस चुप्पी में एक बोझिल-सा तनाव था, जैसे कोई चीज़ बार-बार हमारे बीच आ जाती हो, और हम बार-बार उसे अलग ठेल देते हों।

"तुम समझते हो...मैं झूठ बोल रहा हूँ?" उसने कहा।

मैं दूसरी ओर देखने लगा।

"तुम कुछ भी समझो, मुझे इसकी कतई परवाह नहीं," उसने कहा।

"डोंट बि सिली," मैंने कहा।

"तुम मेरा विश्वास नहीं करते।" इस बार उसने मेरी ओर देखा। "तुम सोचते हो, मैं भाग गया था..." उसके होंठ काँप रहे थे।

"डैम इट, आई से डैम इट!"

"उन्होंने मुझे पकड़ रखा था...और मैं तुम्हारे पास..."

"इट इज़ ऑल राइट, जार्ज!"

"ओ नो...इट इज़ नाट ऑल राइट," वह जैसे चीख़ रहा हो। पास की बेंच पर ऊँघता हुआ आदमी उठ बैठा और हमारी ओर देखने लगा।

"जार्ज, सुनो," मैंने उसके कन्धे पर हाथ रख दिया। बेंच के हत्थे पर उसका चेहरा दोनों हाथों के बीच दबा था और बार-बार हिल उठता था।

"आई वाज़ अफ्रेड, टेरिब्ली अफ्रेड।"

हम दोनों काँप रहे थे।

"अफ्रेड..."

मैं सामने देखता रहा...अंडरग्राउंड का अँधेरा जैसे धीरे-धीरे हिल रहा हो—एक परदे के मानिन्द जो अभी उठ जाएगा। मैं उस क्षण जार्ज से डरने लगा, ख़ुद अपने से डरने लगा। मुझे लगा, जैसे मैं अब कभी उसकी ओर नहीं देख सकूँगा। उस क्षण मैं कोई भयंकर चीज़ कर सकता था—मैं उससे बहुत-कुछ कहना चाहता था, कुछ भी...किन्तु अब हम दोनों एक संग होते हुए भी अचानक अकेले पड़ गए थे और वह रो रहा था और मैं कुछ भी नहीं कर सकता था। शायद इससे भयंकर और कोई चीज़ नहीं, जब दो व्यक्ति एक संग होते हुए भी यह अनुभव कर लें कि उनमें से कोई भी एक-दूसरे को नहीं बचा सकता,

जब यह अनुभव कर लें कि बीती घड़ियों की एक भी स्मृति, एक भी क्षण उनके मौजूदा...इस गुज़रते हुए क्षण के निकट अकेलेपन में हाथ नहीं बँटा सकता, साझा नहीं हो सकता...।

तब हम चौंक गए। दूसरे प्लेटफ़ार्म पर वॉरेन स्ट्रीट जानेवाली ट्यूब आ रही थी। जार्ज को इसी में जाना था। हमारे आस-पास की बेंचों पर ऊँघते हुए लोग सहसा उठ खड़े हुए। ट्यूब की तेज़ हेडलाइट में न्यू एक्टन की अगली सुरंग का अँधेरा ज़रा पीछे खिसक गया। सीढ़ियों से कुछ लोग भागते हुए नीचे प्लेटफ़ार्म पर उतर रहे थे, ताकि वॉरेन स्ट्रीट जानेवाली आख़िरी ट्यूब को पकड़ सकें।

जार्ज खड़ा हो गया। उसने एक बार भी मुझे नहीं देखा और दूसरे क्षण भीड़ के संग वह भी ट्यूब की तरफ़ भागने लगा। ट्यूब के ऑटोमेटिक दरवाज़े क्षण-भर के लिए खुले और भीड़ को अपने भीतर निगलकर दूसरे क्षण ही बन्द हो गए।

पहियों की भड़भड़ाती आवाज़ धीरे-धीरे मन्द पड़ती गई और फिर सब पूर्ववत् शान्त हो गया। सुरंग के जिस अँधेरे को ट्यूब की हेडलाइट ने पीछे खिसका दिया था, वह फिर वापस लौट आया।

सिर्फ़ प्लेटफ़ार्म की खुली छत के परे न्यू एक्टन की रोशनियाँ अँधेरे में चुपचाप झिलमिलाती रहीं।

खम्भे की आड़ में युवक ने कहा—'अगली गाड़ी से'—और उसे चूम लिया। लड़की की आँखें मुँद गईं।

उसने देखा भी नहीं...।

और मुझे लगा, जैसे मुद्दत से मैंने सिगरेट नहीं पी।

अन्तर

बस से उतरकर वह बाज़ार के चौराहे पर खड़ा हो गया। सामने टाउन हॉल की इमारत थी—लम्बी और भयावह। पहली मंज़िल पर लम्बी, मैली खिड़कियाँ थीं, जिनके शीशों पर शाम की धूप और भी मैली दीख रही थी। उससे हटकर कुछ दुकानें थीं—एक पब, एक नाई की दुकान और दो जनरल स्टोर। आगे छोटा-सा स्क्वायर था।

"आख़िरी बस कितने बजे जाएगी?" उसने उसी बस के कंडक्टर से पूछा जिसमें वह आया था।

"दस बजे..." कंडक्टर ने उड़ती हुई निगाहों से उसे देखा और ओवरकोट की जेब से बियर की बोतल निकाल ली।

वह दुकानों की तरफ़ चला आया। वह यहाँ पहली बार आया था, किन्तु उसे विशेष अन्तर नहीं जान पड़ा। वह जब कभी प्राग से दूर छोटे शहरों में जाता था, वे उसे एक समान ही दिखाई देते थे। टाउन हॉल, चर्च और बीच में स्क्वायर और एक ख़ाली-सा उनींदापन।

हवा ठंडी थी, हालाँकि मई का महीना आगे बढ़ चुका था। उसने अपने डफल बैग से मफ़लर निकाल लिया। दस्ताने उसके कोट की जेब में थे। वह अभी उन्हें नहीं पहनना चाहता था। उसकी पीठ पर स्लीपिंग-किट था। अगर कहीं रात की बस वह नहीं पकड़ सका, तो बाहर सो जाएगा। उसे होटल की अपेक्षा बाहर सोना हमेशा अच्छा लगता था—अगर ठंड ज़्यादा न हो।

जब पिछली गर्मियों में वह उसके साथ मोराविया गई थी, तो भी वे बाहर सोते थे। एक ही स्लीपिंग-किट में। वे इसी तरह सारा मोराविया घूम लिये थे। उसके साथ पहले-पहल उसे बाहर सोने की आदत पड़ गई थी। होटल की जो बचत होती थी, उसे वे हमेशा बियर पर खर्च कर देते थे।

वह कुछ देर तक पिछली गर्मियों के बारे में सोचता रहा। फिर उसने मफ़लर को अच्छी तरह गले और कानों में लपेट लिया। ठंड काफ़ी है—उसने सोचा—लेकिन वह असहनीय नहीं है।

असहनीय शायद कुछ भी नहीं है। उसके लिए भी नहीं। शुरू में वह बहुत डर गई थी। अब वह ठीक होगी। अब कोई डर नहीं है...उसने सोचा। अब बिलकुल कोई डर नहीं है—उसने दुबारा अपने से कहा।

वह कुछ देर तक खाद्य-पदार्थों के स्टोर के सामने खड़ा रहा, शो-विंडो में ग़ौर से देखता रहा, फिर कुछ सोचकर भीतर चला आया।

दुकान में 'सेल्फ-सर्विस' थी। उसने 'काउंटर' के नीचे से एक टोकरी निकाल ली। दोनों ओर लम्बी क़तार में छोटे-बड़े टिन और डिब्बे रखे थे। इन दिनों ताज़े फल देखने को भी नहीं मिलते थे। उसने आडुओं और अनन्नास के दो टिन टोकरी में रख लिये। आधा किलो 'सलामी' और फ्रेंच पनीर की कुछ टिकियाँ भी लिफ़ाफ़े में बँधवा लीं। उसे 'फ्रेंच चीज़' हमेशा ही बहुत पसन्द थी। रात को जब कभी वह उसके कमरे में सोती थी, तो एक चूहे की तरह उसे बराबर कुतरती रहती थी।

स्टोर से बाहर निकलते हुए उसे कुछ याद आया और उसने दुबारा मुड़कर 'लीपा' का एक पैकेट ख़रीद लिया। अस्पताल में शायद उसके पास सिगरेट नहीं होगी—उसने सोचा।

सारा सामान उसने अपने डफल बैग में रख लिया। स्टोर से बाहर निकलकर उसे प्यास-सी महसूस हुई। समय काफ़ी है—उसने सोचा। ज़्यादा नहीं है, लेकिन वह छोटी बियर के लिए काफ़ी है। स्क्वायर पार करके वह 'पब' में चला आया।

वह बैठा नहीं। बार के काउंटर के सामने खड़ा रहा।

"एक छोटी बियर," उसने कहा।

बारमैन ने बिना उसकी ओर देखे एक मग बियर नल के नीचे रख दिया। जब मग में झाग ऊपर चढ़कर बाहर फिसलने लगा, तब उसने नल की टोंटी बन्द कर दी। एक मैले तौलिए से मग को साफ़ किया और उसके सामने रख दिया।

उसने मग होंठों से लगा लिया। बियर कसैली और गुनगुनी-सी थी, फिर भी उसे बुरी नहीं लगी।

बारमैन इस बीच जेब से एक सासेज़ निकालकर खाने लगा था। वह एक अधेड़ उम्र का व्यक्ति था। उसकी नीली आँखें आँसुओं में तैर रही थीं।

"आप बता सकेंगे, अस्पताल किस तरफ़ है?" उसने पूछा।

बारमैन ने ग़ौर से उसकी ओर देखा, फिर उसकी आँखें उसके स्लीपिंग-किट पर ठिठक गईं, "क्या प्राग से आए हो?"

उसने सिर हिलाया।

वह तनिक सन्देह-भरी दृष्टि से उसकी ओर देखता रहा।

"टाउन हॉल की दाईं तरफ़...सिमिट्री से ज़रा आगे," उसने कहा।

"क्या ज़्यादा दूर है?" उसने पूछा।

उसने आधी कतरी हुई सासेज़ को अश्लील ढंग से ऊपर कर दिया। "एक किलोमीटर..." उसने हँसते हुए कहा।

उसने उसे धन्यवाद दिया, तीन क्राउन का नीला नोट काउंटर पर रखा और बिना चेंज की प्रतीक्षा किये बाहर चला आया।

बाहर बसन्त का चमकीलापन था...वैसा बोझिल नहीं, जो गर्मियों में होता है...एक हल्का धुला-सा आलोक, जो लम्बी सर्दियों के बाद आता है।

दस मिनट का रास्ता था और वह तेज़ी से चल रहा था। उसे अब ज़्यादा घबराहट नहीं थी। उसे अब उतनी घबराहट नहीं थी, जितनी बस में हो रही थी। बियर के बाद उसे हल्का-सा लग रहा था। स्क्वायर छोड़ने के बाद वह एक खुले रास्ते पर आ गया था। हवा ठहर गई थी और कभी-कभी दूर के खेतों में ट्रैक्टर का घुर्र-घुर्र स्वर मक्खी की भिनभिनाहट-सा सुनाई दे जाता था।

सिमिट्री के पास आकर उसने सिगरेट जलाई, फिर डफल बैग को एक कन्धे से उतारकर दूसरे कन्धे पर लटका लिया। सिमिट्री के इर्द-गिर्द बर्वा के पेड़ थे और उनकी नई पत्तियाँ डूबती हुई धूप में झिलमिला रही थीं। कच्ची सड़क पर बर्फ़ के पिघलने से कहीं-कहीं दलदल जमा हो गया था। और उन पर मोटर-लारियों और ट्रकों के निशान उभर आए थे। उसने अपने पैंट के पाँव ऊपर चढ़ा लिये—उसे ख़ुशी हुई कि यहाँ उसे देखनेवाला कोई नहीं है। लेकिन वह उसे देखकर ज़रूर हैरान हो जाएगी। वह शायद ख़ुश भी होगी, लेकिन उसके बारे में वह निश्चित नहीं था। उसने प्राग से आते समय उसे मना कर दिया था। वह नहीं चाहती थी कि किसी को कोई सन्देह हो सके। उन्होंने यह तय किया था कि वह दो दिन यहाँ अस्पताल में रहेगी, बाद में जब वह वापस प्राग आएगी, तो किसी को भी कुछ पता नहीं चलेगा।

अस्पताल के गेट के सामने वह रुक गया। छोटी-सी पहाड़ी के ऊपर उसकी इमारत किसी कॉलेज होस्टल की तरह दिखाई दे रही थी—उतनी ही आत्मीय और निर्दोष। अस्पताल की इमारतों में अक्सर जो ठिठुरता हुआ नंगापन होता है, वह उसमें बिलकुल नहीं था।

उसने अपने पैंट के पायँचे नीचे की ओर मोड़ दिये और दरवाज़ा खोलकर भीतर चला आया। सामने एक लम्बा कॉरिडोर था। बीच-बीच में फूलों के गमले रखे थे। साफ़-सुथरे फ़र्श पर कॉरिडोर के खम्भों की टेढ़ी छायाएँ धूप में खिंच आई थीं।

ज़ीने के पास उसे एक बड़ा-सा डेस्क दिखाई दिया। ऊपर रिसेप्शन का साइन बोर्ड लगा था। उसके पीछे एक स्त्री नर्स की पोशाक में बैठी थी। वह अख़बार पढ़ रही थी और उसका चेहरा नहीं देखा जा सकता था।

वह कुछ झिझकता हुआ डेस्क की ओर बढ़ा।

नर्स ने अख़बार से सिर उठाकर उसकी ओर देखा।

"किससे मिलना चाहते हैं?"

उसने नाम बताया। उसे लगा, वह नर्स ही नहीं है, नर्स की पोशाक में वह एक स्त्री भी है। इस ख़याल से उसे कुछ सांत्वना-सी मिली।

उसने डेस्क की दराज़ से एक लिस्ट निकाली।

"मैटर्निटी वार्ड में?" उसने पूछा।

वह एक क्षण तक असमंजस में खड़ा रहा, फिर उसने माथे का पसीना पोंछा।

"मुझे यह नहीं मालूम। मैं पहली बार यहाँ आया हूँ। क्या आप लिस्ट में देख सकती हैं?" उसने कहा। हालाँकि यह कहने की कोई ज़रूरत नहीं थी। वह पहले से ही लिस्ट देख रही थी।

"मैटर्निटी वार्ड में आपकी पत्नी का नाम नहीं है।" नर्स ने प्रश्न-भरी दृष्टि से उसकी ओर देखा।

"वह मेरी पत्नी नहीं है," उसने कहा, "मेरा मतलब है, अभी तक हम विवाहित नहीं हैं...।" उसने डेसपेरेट होकर मुस्कराने की कोशिश की। फिर उसे लगा कि यह स्पष्टीकरण न केवल निरर्थक है, बल्कि मूर्खतापूर्ण भी।

नर्स ने कुछ अजीब रूखे ढंग से उसकी ओर देखा और फिर धीरे-से अपने बाल पीछे समेट लिये।

"आपको मुझे यह पहले बता देना चाहिए था," उसने कहा।

उसके स्वर में खीझ नहीं थी, सिर्फ़ एक ठंडी-सी विरक्ति थी। उसने डेस्क के भीतर से दूसरी लिस्ट निकाल ली। एक बार फिर नाम पूछा।

वह चुपचाप प्रतीक्षा करने लगा।

"पहली मंज़िल, दाईं तरफ़ सर्जिकल वार्ड," उसने सरसरी निगाहों से उसकी ओर देखा और फिर अख़बार पढ़ने लगी।

वह गलियारे के अन्तिम छोर पर पहुँचकर सीढ़ियाँ चढ़ने लगा। दोनों तरफ़ दरवाज़े खुले थे। औरतें अपनी जुपानों (लम्बी स्कर्ट) में बिस्तरों पर बैठी थीं। दरवाज़ों के बाहर रस्सी पर नायलन की जुराबें, ब्रेसियर और अंडरवियर सूख रहे थे। हवा में एक खट्टी, गिलगिली-सी गन्ध ठहर गई थी, जो अक्सर औरतों की घरेलू देहों या कपड़ों से आती है। लोहे की रेलिंग पर रेत से भरी हुई लाल, नीली बाल्टियाँ लटक रही थीं—शायद आग बुझाने के लिए—उसने सोचा।

जब वह सर्जिकल वार्ड की ओर मुड़ा, उसे लगा, जैसे किसी ने पीछे से उसका हाथ पकड़ लिया हो! वह तनिक चौंककर पीछे मुड़ा। एक लम्बे क़द का हृष्ट-पुष्ट व्यक्ति उसके सामने खड़ा था। उसने लम्बा सफ़ेद कोट और पाजामा पहन रखा था, जो यहाँ डॉक्टरों की पोशाक होती है।

"किससे मिलना है?" उसने पूछा।

उसने फिर नाम बताया।

"अच्छा...लेकिन इसे यहीं छोड़ देना होगा," उसने अँगूठे से उसके स्लीपिंग-किट की ओर इशारा किया।

उसने स्लीपिंग-किट पीठ से उतारकर एक कोने में रख दिया।

"इसमें क्या है?" उसने उसके डफल बैग की ओर देखा।

उसने चुपचाप कन्धे से बैग उतारकर उसके सामने रख दिया।

डॉक्टर ने सरसरी निगाह से बैग में रखे डिब्बों को देखा और फिर धीरे-से हँस दिया।

"सो...यू आर दि मैन," उसने अपनी भाषा छोड़कर अंग्रेज़ी में कहा।

"क्या मतलब?"

"कुछ नहीं..." वह फिर अपनी भाषा पर उतर आया था।

"बेड नं. 17...सिर्फ़ आध घंटे। वह अभी बहुत कमज़ोर है," उसने रूखे व्यावसायिक स्वर में कहा, "तुम भीतर जा सकते हो।"

लेकिन उसके बाद वह तुरन्त भीतर नहीं जा सका। कुछ देर तक वह डफल बैग को बच्चों की तरह दोनों हाथों में लेकर खड़ा रहा।

दरवाज़े के पास एक ख़ाली ह्वील-चेयर थी। सामने एक बड़ा हॉल था। दोनों तरफ़ छोटे-छोटे क्यूबिकल थे और उनके बीच लम्बे, गुलाबी रंग के परदे लटक रहे थे। हर क्यूबिकल के पीछे एक मद्धिम-सी रोशनी टिमटिमा रही थी। हॉल के एक कोने में स्ट्रेचर पड़ा था। उस पर कुछ रुई की गन्दी पट्टियाँ थीं—शायद कोई नर्स जल्दी में उन्हें उठाना भूल गई थी।

वह भीतर चला आया। स्लीपिंग-किट उतारने के बाद उसे अपनी पीठ बहुत हल्की-सी लग रही थी। 17 नम्बर के आगे आकर खड़ा हो गया। भीतर निपट शान्ति थी। वह शायद सो रही थी—उसने सोचा।

पहले क्षण में उसे वह दिखाई नहीं दी।

सामने एक बड़ा-सा बिस्तर था, बिलकुल समतल और सफ़ेद। ऊपर दो लम्बी चादरें थीं और वे भी बिलकुल सफ़ेद थीं। यह पता चलाना भी मुश्किल था कि सिरहाना किस तरफ़ है। बिस्तर पर कहीं भी कोई उतार-चढ़ाव नहीं था। एक क्षण के लिए उसे लगा, वह ख़ाली है।

वह ख़ाली नहीं था। चादर से उसका सिर बाहर आया, फिर आँखें। वह उसे देख रही थी, फिर एक छोटी-सी मुस्कराहट उसके होंठों पर सिमट आई। वह पहचान गई थी।

उसने आँखों से स्टूल की ओर इशारा किया। उस पर दूध से भरा एक कप रखा था।

"तुमने पिया नहीं?" उसने झुककर कहा।

"बाद में...इसे नीचे रख दो।"

उसने स्टूल बिस्तर के पास खिसका लिया।

"कब आए?"

"अभी कुछ देर पहले...।"

उसके होंठ जामुनी रंग के हो आए थे। जगह-जगह से लिपस्टिक की लाइन टूट गई थी।

"कब हुआ?" उसने पूछा।

"सुबह...। अपना कोट उतार दो।" उसने अपना कोट और डफल बैग उतारकर स्टूल के पीछे रख दिया। खिड़की बन्द थी। नीचे उसका सूटकेस पड़ा था, जो वह प्राग से अपने साथ लाई थी।

"ज़्यादा देर तो नहीं लगी?" उसने पूछा।

"नहीं...उन्होंने क्लोरोफार्म दे दिया था। मुझे कुछ भी पता नहीं चला," उसने कहा।

"मैंने तुमसे कहा था कि तुम्हें कुछ भी पता नहीं चलेगा...तुम मानती नहीं थीं," उसने मुस्कराने की कोशिश की।

वह चुपचाप उसकी ओर देखती रही।

"मैंने तुमको आने के लिए मना किया था," उसने कहा।

"मुझे मालूम है...लेकिन अब मैं यहाँ हूँ।"

वह बिस्तर पर झुक आया। उसने उसके भूरे बालों को चूमा... फिर होंठों को। कमरे की गर्मी के बावजूद उसका चेहरा बिलकुल ठंडा था। वह चूमता रहा। वह तकिये पर सिर सीधा किये लेटी रही।

"तुम अब सुखी हो?" उसका स्वर बहुत धीमा था।

"हम दोनों पहले भी सुखी थे," उसने कहा।

"हाँ...लेकिन अब तुम सुखी हो?"

"तुम जानती हो...यह हम दोनों के लिए ठीक था...मैंने तुमसे पहले भी कहा था।"

चादर उसके वक्ष से नीचे खिसक आई। उसने हरे रंग की नाइट शर्ट पहन रखी थी। उस पर काले रंग के फूल थे। अपने कमरे में उन फूलों को देखकर उसकी देह में मीठा-सा तनाव उत्पन्न हो जाता था। अब वे उसकी आँखों को चुभ रहे थे।

"यह क्या है?" उसने डफल बैग की ओर देखा।

"कुछ नहीं...। मैंने कुछ चीज़ें यहाँ ख़रीद ली थीं।" वह बारी-बारी से हर चीज़ को बैग से निकालकर बिस्तर पर रखने लगा—आड़ई और अनन्नास के टिन, सलामी, फ्रेंच पनीर, लीपा का पैकेट।

"तुम एक पनीर अभी लोगी?"

"नहीं...बाद में।" वह बिस्तर पर बिखरी चीज़ों को देखती रही।

"इन दिनों तुम्हें खाने-पीने की लापरवाही नहीं करनी चाहिए," उसने कहा।

"वहाँ किसी ने मेरे बारे में पूछा तो नहीं था?"

"नहीं...किसी को नहीं मालूम कि तुम यहाँ हो," उसने कहा।

वह कुछ देर तक आँखें मूँदकर लेटी रही। उसके बाल पहले भी छोटे थे...तकिये पर सटे रहने के कारण अब वे और भी सिमट आए थे। पिछली गर्मियों में उसने उन्हें काले शेड में रँगा लिया था—सिर्फ़ उसे ख़ुश करने के लिए। उसे ज़्यादा अच्छे नहीं लगे थे। तब वे फिर धीरे-धीरे भूरे हो चले थे, हालाँकि अब भी कहीं बीच-बीच में काला शेड दिखाई दे जाता था।

"तुम्हें थकान लग रही है?" उसने उसका हाथ अपने हाथ में ले लिया।

"नहीं...।" उसने उसकी ओर देखा।

फिर उसने उसका हाथ चादर के नीचे घसीट लिया। धीरे-धीरे वह उसे अपने पेट पर ले गई।

"कुछ फर्क लगता है?" उसने पूछा।

उसका हाथ उसके नंगे, गरम पेट पर पड़ा रहा।

"तुम्हें कोई तकलीफ़ तो नहीं है?"

"नहीं," वह धीरे-से हँस पड़ी, "अब मुझे बड़ा हल्का-सा लग रहा है। अब यहाँ कुछ भी नहीं है।" उसने उसकी ओर देखा, उसके होंठों की रूखी लिपस्टिक रोशनी में चमक रही थी। उसने धीरे-से अपना हाथ बाहर खींच लिया।

"तुम्हें ज़्यादा नहीं बोलना चाहिए," उसने कहा।

"मुझे बड़ा हल्का-सा लग रहा है," उसने कहा।

"डॉक्टर ने तुमसे कुछ कहा था?"

"नहीं...लेकिन एक महीना पहले आ जाती, तो इतनी कमज़ोरी नहीं होती।"

"तुम्हें काफ़ी कमज़ोरी महसूस हो रही है?" उसने पूछा।

"नहीं, मुझे बड़ा हल्का-सा लग रहा है।"

"मैंने तुमसे पहले भी जल्दी आने के लिए कहा था...लेकिन तुम टालती रहीं।"

"तुम हर बात पहले से ही ठीक कहते हो," उसने कहा।

वह चुप रहा और दूसरी ओर देखने लगा।

"तुमने बुरा मान लिया?" वह कुहनी के सहारे बैठकर उसकी ओर देखने लगी।

"नहीं...लेकिन तुम्हें ज़्यादा नहीं बोलना चाहिए," उसने उसके बालों को सहलाते हुए कहा।

"देखो...अब कोई फिक्र नहीं है," उसने कहा। "अब मैं ठीक हूँ।"

"लेकिन तुम अब भी उसके बारे में सोचती हो," उसने कहा।

"मैं किसी के बारे में नहीं सोचती," उसने कहा। फिर उसने उसके कोट के बटन खोल दिये।

"तुमने स्वेटर नहीं पहना?" उसने पूछा।

"आज ज़्यादा सर्दी नहीं थी," उसने कहा।

वे कुछ देर तक चुप रहे। बीच में नर्स आई थी। वह ब्लौंड थी और देखने में काफ़ी ख़ुशमिज़ाज-सी जान पड़ती थी। उसने उन दोनों को देखा, फिर वह बिस्तर के पास चली आई।

"तुम्हें अभी इस तरह नहीं बैठना चाहिए।" नर्स ने उसका सिर तकिये पर टिका दिया। फिर उसने एक नज़र उसकी ओर देखा।

"इन पर ज़्यादा स्ट्रेन डालना ठीक नहीं होगा।"

"मैं कुछ देर में चला जाऊँगा," उसने कहा।

नर्स ने बिस्तर पर बिखरी चीज़ों को देखा। वह उसकी ओर मुड़ी और मुस्करा दी, "आपको भविष्य में सावधान रहना चाहिए," उसने कहा।

उसके स्वर में हल्का-सा मज़ाक था। वह चुप रहा और दूसरी ओर देखने लगा। जाते हुए वह ठहर गई।

"तुम्हारे पास रुई काफ़ी है?" उसने पूछा।

"हाँ, धन्यवाद सिस्टर," उसने कहा।

नर्स बाहर चली गई।

"तुम ज़रा दूसरी तरफ़ मुड़ जाओ," उसने धीरे-से कहा।

वह तकिये के नीचे से कुछ निकाल रही थी।

"मैं बाहर चला जाता हूँ," उसने कहा।

"नहीं, इसकी कोई ज़रूरत नहीं। सिर्फ़ अपना सिर मोड़ लो।"

वह पीछे दीवार की ओर देखने लगा। उसे बहुत पहले की रातें याद हो आईं, जब वह उसके कमरे में बिस्तर से उठकर कपड़े पहनती थी और वह दीवार की ओर मुँह मोड़कर उसके स्कर्ट की सरसराहट सुनता रहता था।

"बस...ठीक है," उसने कहा।

उसने स्टूल मोड़कर उसके सिरहाने के पास खिसका दिया। हवा में हल्की-सी गन्ध थी, जो क्लोरोफार्म की गन्ध से अलग जान पड़ती थी।

उसकी आँखें अनायास पलंग के नीचे चिलमची पर पड़ गईं...उसमें ख़ून में रँगी बहुत-सी पट्टियाँ पड़ी थीं। यह ख़ून उसका हो सकता है, उसे विश्वास नहीं हो सका।

"क्या तुम्हें अब भी...? वह बीच में रुक गया।

"नहीं...अब बहुत कम आ रहा है।"

उसने झुककर चिलमची को पलंग के पीछे खिसका दिया।

"तुम्हारे पास सिगरेट है?" उसने पूछा। वह फिर लेट गई।

उसने लीपा की डिब्बी से दो सिगरेटें निकालकर मुँह में रख लीं। दोनों को दियासलाई से जलाया और उनमें से एक उसे दे दी।

"तुम यहाँ सिगरेट पी सकती हो?"

"नहीं...लेकिन कोई देखता नहीं।" उसने एक लम्बा, गहरा कश लिया। धुआँ बाहर निकलते समय उसके नथुने धीरे-से काँप रहे थे। फिर उसने उसे चिलमची में फेंक दिया।

"मैं पी नहीं सकती।" एक पतली कमज़ोर-सी मुस्कराहट उसके होंठों पर सिमट आई। उसने चिलमची से सिगरेट निकालकर बुझा दी। सिगरेट के एक सिरे पर उसकी लिपस्टिक का निशान जमा रह गया था।

"तुम अब एक पनीर लोगी?"

"नहीं...तुम्हें अब जाना चाहिए।"

"मैं चला जाऊँगा, अभी समय है।"

उसने अपनी आँखें मूँद ली थीं। लम्बी, भूरी पलकें उसके पीले चेहरे पर मोम की गुड़िया की पलकों-सी दिखाई दे रही थीं।

"तुम्हें क्या नींद आ रही है?" उसने धीमे स्वर में पूछा।

"नहीं..." उसने आँखें खोल दीं। उसका हाथ अपने हाथ में लेकर वह उसे धीरे-धीरे मसलने लगी।

"मैंने सोचा था, तुम आओगे," उसने कहा।

वह चुपचाप उसे देखता रहा।

"सुनो...अब हम पहले की तरह रह सकेंगे।" उसके स्वर में हल्का-सा विस्मय था।

"तुम्हें याद है..." उसने उसका हाथ दबाकर कहा, "पिछली गर्मियों में हम इटली जाना चाहते थे...अब हम वहाँ जा सकते हैं।"

"अब हम कहीं भी जा सकते हैं।" उसने उसकी ओर देखा, "अब कोई झंझट नहीं है।"

उसे फिर उसका स्वर कुछ अजीब-सा लगा, लेकिन वह मुस्करा रही थी और तब उसका मन फिर आश्वस्त हो गया।

कॉरिडोर में व्हील-चेयर के पहियों की चरमराहट सुनाई दी थी... पास के क्यूबिकल में कोई ऊँचे स्वर में चीख़ रहा था। किसी स्त्री ने परदा उठाकर भीतर झाँका था, लेकिन उसे वहाँ बैठा देखकर वह हड़बड़ाकर वापस मुड़ गई थी।

उसने घड़ी देखी और फिर वह ओवरकोट पहनने लगा।

"तुम्हें ये चीज़ें खा लेनी होंगी..." उसने अंग्रेज़ी में कहा।

उसने सिर हिलाया, "तुम समझीं, जो मैंने कहा?"

"तुमने कहा, तुम्हें ये चीज़ें खानी होंगी," उसने अंग्रेज़ी में उसका वाक्य दुहरा दिया।

वे धीरे-से हँस पड़े।

उसने अपना मफ़लर गले में बाँध लिया। ख़ाली डफल बैग को कन्धे पर लटकाकर वह स्टूल से उठ खड़ा हुआ, "तुम अब जाओगे?"

"हाँ, लेकिन कल मैं इसी वक़्त आऊँगा," उसने कहा।

वह अपलक उसकी ओर देखती रही, "इधर आओ," उसने कहा।

वह सिरहाने के पास झुका। उसने अपनी देह से चादर हटा दी और दोनों हाथों से उसका चेहरा अपने वक्ष पर खींच लिया।

"कोई आ जाएगा," उसने धीरे-से कहा।

"आ जाने दो," उसने कहा।

कुछ देर बाद जब वह बाहर आया, बसन्त की रात झुक आई थी। हवा में धरती की सोंधी-सी गन्ध का आभास था। उसने निश्चिन्त होकर ठंडी ताज़ी हवा में साँस ली। अस्पताल के उस तंग, ज़रूरत से ज़्यादा गर्म क्यूबिकल के बाद उसे बाहर का खुलापन बहुत सुखद प्रतीत हो रहा था। उसने घड़ी देखी। अभी दस मिनट बाकी थे। उसे हल्की-सी ख़ुशी हुई कि वह प्राग जाने से पहले एक बियर पी सकेगा।

कुछ देर तक वह पलंग पर आँखें मूँदे लेटी रही। जब उसे निश्चय हो गया कि वह अस्पताल से दूर जा चुका है, तो वह धीरे-से उठी। खिड़की खोल दी। बाहर अँधेरे में उस छोटे-से शहर की बत्तियाँ जगमगा रही थीं। उसे प्राग में अपने होस्टल का कमरा याद हो आया। वह सिर्फ़ दो दिन पहले उसे छोड़कर आई थी। लेकिन उसे लग रहा था, जैसे तब से एक लम्बी मुद्दत गुज़र गई है। वह कुछ देर तक वहीं निश्चल खड़ी रही। मैटर्निटी वार्ड से किसी बच्चे के रिरियाने की आवाज़ सुनाई दी थी, फिर सब ख़ामोश हो गया।

वह चुपचाप बिस्तर के पास चली आई। अपने सूटकेस से एक पुराना तौलिया निकाला। फिर उसमें करीने से उन सब चीज़ों को लपेटा, जो वह उसके लिए छोड़ गया था। खिड़की के पास आकर उसने उन्हें बाहर अँधेरे में फेंक दिया।

जब वह वापस अपने बिस्तर के पास आई, तो उसका सिर चकराने लगा। स्टूल पर लीपा का पैकेट अब भी पड़ा था। उसने एक सिगरेट सुलगाई, लेकिन उसे उसका स्वाद फिर अजीब-सा लगा। उसे फ़र्श पर बुझाकर वह पलंग पर लेट गई। एक छोटा-सा गरम आँसू उसकी आँखों की कोरों से बहता हुआ उसके बालों में खो गया, किन्तु पता नहीं चला। वह आराम से सो रही थी।